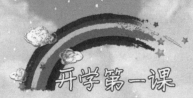

开学第一课

依据国家教育部和中央电视台

联合主办的《开学第一课》活动

"我爱你，中国！"主题拓展原创版

巧克力的味道

中央电视台《开学第一课》编写组 编

时代文艺出版社

图书在版编目（CIP）数据

巧克力的味道／中央电视台《开学第一课》编写组编.—2版.

—长春：时代文艺出版社，2016.1（2023.7重印）

（开学第一课）

ISBN 978-7-5387-4933-5

I.①巧… II.①中… III.①中国文学—当代文学—作品综合集 IV.①I217.1

中国版本图书馆CIP数据核字（2015）第257181号

出 品 人　陈　琛

责任编辑　曾艳纯

装帧设计　孙　利

排版制作　隋淑凤

巧克力的味道

中央电视台《开学第一课》编写组 编

出版发行／时代文艺出版社

地址／长春市福祉大路5788号　龙腾国际大厦A座15层　邮编／130118

总编办／0431-81629751　发行部／0431-81629755

官方微博／weibo.com／tlapress　天猫旗舰店／sdwycbsgf.tmall.com

印刷／北京市一鑫印务有限公司

开本／710mm×1000mm　1／16　字数／120千字　印张／12

版次／2016年1月第2版　印次／2023年7月第3次印刷 定价／36.00元

图书如有印装错误　请寄回印厂调换

敬启

　　书中某些作品因地址不详，未能与作者及时取得联系，在此深表歉意。敬请作者见到本书后，通过以下方式与我们联系，我们将按国家规定支付稿酬并赠送样书。

E-mail：azxz2011@yahoo.com.cn

《开学第一课》编委会

编委会主任：韩　青　许文广

主　　编：许文广

副主编：卢小波

编　委：张雪梅　骆幼伟　张　燕　吴继红

　　　　悠　然　冰　岩　王　佩　王　青

　　　　静　儿　刘　歌　刘　斌　李　萍

　　　　一　豪　明媚三月　大　路　邓淑杰

　　　　李天卿　曾艳纯　郜玉乐　孟　婧

《开学第一课》的价值

有人问我，《开学第一课》的价值体现在什么地方？我认为最重要的就是全社会希望并通过我们传递出来的价值观。多元是时代进步的标志，我们尊重不同的声音和价值理念，但是作为教育部和中央电视台联手举办的一项公益活动，我们要传递的是主流的、与时俱进又符合中华文明传统的价值观。

在2008年，我们通过《开学第一课》传递了抗震精神和奥运精神；2009年正值新中国60周年华诞，我们在象征着民族精神的长城，为孩子们播撒下爱的种子；2010年，我们告诉孩子们，一个拥有梦想的民族，一个不断仰望星空的民族，就是拥有未来的民族，人生的每一个阶段都需要梦想的指引、坚持和探索，而每个人的梦想汇集起来就可能成为国家的梦想、民族的梦想。

举办《开学第一课》三年来，我个人也有一个梦想，我梦想这项目光远大、朝气蓬勃的公益活动能够坚持举办十年，让它给这一代孩子的成长提供正面的、积极向上的力量，这就是《开学第一课》的意义所在。

我希望全社会的力量汇集起来，给孩子们一种价值观的教育，中央电视台愿意承担使命，连同教育部把这项公益活动做好。我们也欢迎全社会各界积极参与、支持，从出版、纸媒、网络、志愿行动、慈善事业等各个方面，加入到这个追逐共同梦想、打造恒久价值的公益活动中来。

由此，我亦十分高兴地看到《开学第一课》系列丛书的出版，我相信时代文艺出版社正是基于我们共同的理想，以出版的力量为孩子们的未来创造了更丰富的阅读食粮，为《开学第一课》的精神理念提供了更多样的传递方式。

中央电视台 许文广

目 录

第六部分　天外的精灵

第七部分　伯父的竹艺馆

第八部分　冬天里的春天

003

第九部分　漫说方圆

第一部分

阳光穿透有您的日子

人们都明白，爱是"执子之手，与子偕老"，爱是"朝朝暮暮，天长地久"。然而，又有谁能真正明白缺失的爱用另一种爱来填充时的感受？

——闫政《阳光穿透有您的日子》

阳光穿透有您的日子

闫 政

穿透窗棂的那一米阳光，温暖又柔和。

——题记

奶奶，您的爱，是一本未完待续的童话，是天使角落无言的执着，是小草头上晶莹的露珠，是刘谦手中完美的魔法。

襁褓中的爱

002

4月，本该是孕育生命的季节，可妈妈却走了。

匆匆，太匆匆！

我不知道，您是否舍得下襁褓中的我。或许，您不得不向病魔妥协，您不得不含泪放手。妈妈，您可知道，您的离开，决定了我单亲的命运。

从此，照顾我变成了奶奶一辈子的责任。

其实，奶奶完全可以不管我，可后来她告诉我，如果不好好照顾我，她对不起妈妈的泪，对不起早逝的妈妈。

于是，奶奶天天起早贪黑，天天忍受我无休止的哭闹，我成了奶奶生活的全部。洗衣、做饭，她忙，她累，我不知道，我只知道她的爱就像我喝的奶粉，甘甜香醇，奶奶给予我的一切爱，无数个襁褓也装不完。

拐杖下的爱

6月，美丽的死神少女竟然残忍地夺去了爷爷的生命。

顷刻间，一切都变成了黑色。奶奶失去了最大的精神支撑，仿佛在一夜间苍老了。那凌乱的白发和浑浊的老泪使她像风中折翼的枯叶蝶，无力地摇曳。

天边的雾霭又一次笼罩了山头。

可是，奶奶又一次坚强地站起来了，只是这一次，她身边还多了一样东西——拐杖，一根粗糙的画满沧桑的棍子。就这样，奶奶和那根拐杖便一直陪伴在我身边，上学时，奶奶咚咚的拐杖声使我安心；放学时奶奶咚咚的拐杖声让我期盼。

清晨，乡间那曲折的小径上，奶奶总是在用拐杖演奏那恒定不变的劳作乐曲。

我知道，这几年来，奶奶一直在用拐杖支撑自己日渐佝偻的背，一直在用拐杖掩饰自己的疲惫与劳累，一直在用拐杖挥洒着补偿给我的母爱。

或许，棍子是奶奶的拐杖；而奶奶，的的确确成了我的拐杖。

不知路边的小草是否数过，那拐杖下到底有多少爱的分子在阳光下跳跃……

003

秋千上的爱

4月，又到清明节。

风依依，草依依。

或许，那方矮矮的坟墓又要添上一抔新土了吧。

清晨，奶奶煮好鸡蛋，又一次习惯性地拴上了秋千。

我笑称："奶奶，我都这么大了，还荡秋千干吗？"

不经意间，碰触到了奶奶含笑的双眸。蓦然明白，跟秋千度过的时光，已经在奶奶心中打上了烙印，永远也无法改变了。

"来，坐坐，看合不合适。"

我轻轻地坐在秋千上，害怕破坏掉奶奶的杰作。奶奶笑着在我身后送我，让我仿佛又回到了从前，只是，那扇心门已紧紧地锁住。晨曦下的秋千，承载了奶奶无尽的爱……

抬头，蓦然发现，奶奶的华发笼罩下，是一张苍老又坚韧的脸。

人们都明白，爱是"执子之手，与子偕老"，爱是"朝朝暮暮，天长地久"。然而，又有谁能真正明白缺失的爱用另一种爱来填充时的感受？

我终于明白——血一直浓于水，根叶总是相连。

在我心里，清晨开窗后的第一缕阳光，永远会穿透有您的日子……

（指导教师：侯贞利）

我 第 三

甘景璐

有一个人，无论做什么事情也不求回报，无论付出什么也无怨无悔——那是母亲。

有一种爱，沉默无言，像一根蜡烛，时刻点亮着孩子们的心——那是母爱。

母爱有时候是蜜糖，让我们感到甘甜；有时候是猛药，让我们感到苦涩。甜甜的母爱和苦苦的母爱都是我们成长过程中必不可少的。

随着时间的流逝，许多记忆已渐渐淡去，但有一件事我永远都会铭记在心。

记得当时我在读四年级，我的数学考到了一个全班最好的成绩——100+10，我欣喜若狂，感到特别意外，心想：甘景璐，你太棒了！要知道，我的数学是主科当中最差的，但这一次我却考得这么棒。下课时，试卷发了下来，我压抑不住自己内心的欣喜，拿着试卷在班里到处游逛，班里的同学都投来了羡慕的目光。这时，我更骄傲了。

回到家，我迫不及待地拿出那张满分的试卷给妈妈看，对妈妈说："妈妈，你知道吗？这次我是班里最棒的，别的同学都没有满分。"谁知妈妈听了，不以为意，把我的试卷搁到了一边。我愣愣地站在妈妈跟前——我考了好成绩，妈妈怎么就不高兴？沉默了片刻后，妈妈拿了一支笔和一张纸，在上面写道："我第三。"我很纳闷。妈妈似乎看出了我的神色，便恢复了往日的慈祥，对我说道："孩子，这是妈妈送给你的座右铭，妈妈希望你能记住，上帝第一，别人第二，自己永远只是第三。"我听了，恍然大悟。我扑向妈妈的怀抱，含着热泪对妈妈说："妈妈，我知道了。从今以后，我一定会谦虚做人，无论自己有多棒也不再在别人的面前炫耀。"妈妈听了，开心地笑了。

我拿着妈妈送的座右铭走进书房，把它贴在最显眼的地方。

（指导教师：黄玉霞）

长大后，我就成了你

田雨欣

妈妈是一位教师。她身体瘦弱，也许是经常站立的缘故吧。然而在我心中，她的形象永远是高大的。

我跟着妈妈上了三年学。每当看到登上那属于她的三尺讲台时，我便觉得妈妈异常高大，就连她讲课时一起一落的双手，也有着无穷的感召力。在妈妈的眼里，我们每一个孩子那可爱的笑脸都是一朵含苞的小花，每一双渴求的眼睛都是一首纯真的歌谣。

后来，我终于明白了，教师这一职业从某种意义上说，就是站立的职业。妈妈已经站立了近二十年了。她经常对我说："我一走上讲台，一切烦恼忧愁便没有了。如果几天不登讲台，心里就会觉得空荡荡的，像丢了什么似的。"我知道，妈妈爱恋着讲台就是爱恋着她的事业啊！

不过，妈妈所选择的事业也曾使我感到心理上的不平衡。当别的同学讲到他的父母有好车坐、有好房住的时候，当看到别人大把大把花钱而我只能紧紧捂住羞涩的口袋的时候……虽然这种感觉像课间十分钟那样短暂，但它毕竟让我的心里感到一丝不安。然而，当我听到妈妈在讲台上讲新鲜的知识、讲做人的道理的时候，我便觉得妈妈的形象依然是高大的，我的心中充满幸福、自豪。

"岁岁年年人不同"，妈妈的脸上渐渐爬满了又弯又细的皱纹，妈妈在岁月的更替变换中渐渐老了。可是，太阳每天都是新的，太阳底下站立的事业是永远不会老的。我企盼着，有一天我也会登上那三尺讲台，像妈妈一样，领着一群小鸟飞来飞去……

妈妈生日那天，我送给妈妈一件珍贵的礼物——电视里传出我为妈妈点播的歌曲："……长大后，我就成了你……才知道那块黑板，写下的是真理，擦去的是功利……"

(指导教师：华敏)

爸爸的爱

杨滩菁

　　有人说，母爱是一杯甜甜的牛奶，父爱是一壶暖暖的茶……的确，我就有一个非常爱我的妈妈，她总是在日常生活中无微不至地关心我，在我遇到困难时不遗余力地帮助我。可是，我似乎有点不理解爸爸对我的爱。

　　小时候外出旅游，妈妈总是牵着我的手，哪怕她自己都走不动了，还时不时地抱抱我、背背我，可爸爸总是说"让她自己走"！

　　记得四岁那年，爸爸妈妈带我去海南玩。一天晚饭时，我被鱼刺卡住了喉咙，妈妈急得不知所措，一把抱起我说快送医院，可爸爸却不以为然地说："让她自己咳出来。"说来也怪，我使劲咳了几下，鱼刺还真就被我给咳出来了。

　　生活中，妈妈对我说得最多的是"宝贝，让我来！""我来帮你！"爸爸却总是对我说"自己的事情自己做"。

　　我五岁那年，妈妈去外地学习，临走前反复交代爸爸如何给我洗澡、如何给我扎头发，我看见爸爸不耐烦地说："唔，我知道了。"到了晚上，爸爸把淋浴喷头一开，说是让我洗澡，我看到喷涌而下的水流，哪敢往里站啊！对爸爸说，妈妈都是在澡盆里给我洗的。爸爸才不管这些呐，一把将我推到喷头底下，说这样洗得干净，于是我只得在叫唤中完成了这次洗澡。第二天早上，爸爸又让我自己扎头发，第一次扎好后他给我拆了，第二次也拆了，第三次他说可以了。从此，我在无助中习惯了每天自己洗澡和扎头发了。

　　最恐怖的，要数爸爸教我游泳了。今年3月，我想学游泳，妈妈说给我请个教练，爸爸说不用，星期六他去教我。转眼到了星期六，我异常兴奋，和爸爸来到游泳馆，原本兴高采烈的我看见游泳池里的水后，眼睛瞪得大大的，嘴巴张得像个"o"字，我惊讶地叫了起来："哇塞！这么深的水呀！"我害怕极了！看到别的小朋友都像鱼儿一样跳下了水时，笑盈盈的我顿时脸色苍白，嘴唇发抖，双腿发软，差点要哭了。我本想投入爸爸的怀抱，可他给我的只是个冷冷的眼神，使我望而生畏。

游泳馆的叔叔阿姨们都对我说水里怎么怎么好玩，可我见水那么深，就是不敢往下跳。爸爸对我说，游泳的诀窍就是要利用手划脚蹬的力量努力使自己不下沉，说完还给我做了两次示范，又假装到我身边给我讲解动作要领，趁我一不留神便把我拉下了水。"咳！咳！咳……""嗷！嗷！嗷……"我不停地咳嗽，不停地叫唤，很多人投来惊异的目光，爸爸却没事一样地说："孩子被水呛呛就会了。"我当时只认为爸爸是世界上最狠心的父亲。于是便嘟起小嘴，愤愤地望着他。可说来也怪，我被水呛了后，不得不用手使劲划水，用脚使劲蹬，我竟然没有沉下去，我能在游泳池里浮起来了！我也快乐得像一只鱼儿。终于，爸爸冷峻的脸上露出了一丝不易察觉的微笑。

在回家的路上，我想起爸爸常说的一句话——"授人以鱼不如授人以渔"，直到此时，我才真正理解这句话的含义，也才真正理解爸爸对我的爱。

（指导教师：张琼芳）

巧克力的味道

潘　悠

　　爱是什么滋味？是酸？是苦？是甜？还是辣？那天，我终于尝到了爱的滋味。

　　那次，我英语只考了78分，回到家，爸爸看到分数后，顿时拉下了脸："怎么才考了那么几分？"我从拿到试卷开始心情就很糟，现在也不想跟爸爸解释什么，就吐出了三个字："不知道。"没想到这三个字让爸爸气得怒发冲冠，毫不留情地给了我一个"五指山"。刚才还在眼眶里打转的眼泪像断了线的珠子，"吧嗒吧嗒"往下掉，顺着我的脸流进嘴里，是苦？是咸？是涩？我分不出来。只觉得平日慈祥的爸爸已经不复存在了，爸爸已经不爱我了！爸爸呀，我可是你的掌上明珠，今天考差了，我也很难过，你不但不安慰我，还动手打了我，从小到大，你从来没动过我一个手指头……委屈、伤心、难过，一股脑儿涌上我的心头。我仰起脸，扯着嗓子喊："你去考考看，你不也不懂英语吗？""还敢顶嘴！"紧接着，又是一座"五指山"出现在我的脸上。我狠狠地瞪了爸爸一眼，扭头跑进了小房间，"嘭"一声关上门，任凭爸爸敲门敲得像捶鼓一样响、一样急促，我都不予理睬，只是在房间里默默地抹着泪水。

　　过了近一小时，我气也有点消了，肚子也饿了，就打开了房门。只见爸爸坐在餐桌前，桌上已放好了热腾腾的饭菜。爸爸起身把我拉到餐桌旁，说："悠悠，对不起，是爸爸不好，爸爸不该打你。还疼吗？"说罢，抚摸了一下我的脸。不知怎的，我心头一酸，那不争气的眼泪又夺眶而出了。"快吃饭吧，爸爸要去值班了。噢，对了，这是你最喜欢吃的巧克力，今天我路过星巴克时给你买的。"门关上了，我不禁泪如雨下，望着大门哽咽着说："爸爸，我错了。我不该这样跟你说话……"

我剥开巧克力，细细品味着：刚入口有点苦苦的，接着，巧克力的香，巧克力的浓全出来了。对呀，爱的滋味不也是这样吗？有时它表面很严厉，很凶狠，但在里面却是最温柔，最纯真，最朴实，也是最和蔼的！

　　爱就是这种味道，巧克力的味道。

（指导教师：鲁美娟）

深夜的脚步声

范逸君

父母的关怀无处不在，不说其他，只需说那深夜的脚步声。

晚上，我躺在床上，依旧不能入睡，耳朵却注意着门外的脚步声。轻巧急促的，是妈妈的脚步声；沉重低缓的，是爸爸的脚步声。两种声音和谐地融合在一起，正如母爱的温柔、父爱的深沉，共同演绎着一种天下大爱——亲情。这深夜的脚步声总能带给我无限温暖。

有时，我还没睡，回想一天的经历。忽然，会听到一阵窸窣的脚步声由远及近，慢慢向卧室走来。轻轻地，门开了，一束灯光射进来，接着一个黑色的人影蹑手蹑脚地朝床边走来，最后站定在床的左侧。我能感觉到那个人影正俯下身来盯着我，这一定是妈妈，她眼睛不好，只得仔细打量我。我赶快闭上眼睛，生怕让她担心。我的掩饰总会被妈妈的"火眼金睛"识破，她轻声说："快睡吧，冷不冷？冷的话再盖一条被！"——我从来都不回答，因为话到嘴边，一条被就早已盖在身上了，妈妈都是边说边盖的。然后，她微笑着，满是慈爱，又尽可能轻轻地走出卧室，掩上门。那脚步声又渐渐远去。

不一会儿，楼道里传来一阵坚实的脚步声，接着是开锁声，伴着几声粗大的喘息。这一定是爸爸锻炼回来了。意料之中，他立刻打开了我卧室的门。顿时，他发出的噪音便无影无踪，空气似乎出奇的静，唯有爸爸低沉的脚步声。很难想象他是如何屏住呼吸、放轻脚步的。他带来了一丝风。爸爸知道我十有八九是睡不着的，会说："这么晚了怎么还没睡？"见我没动静，他便默默地为我整理被角。"人家都睡了，快出来！"另一个身影出现在门前，压低声音说。爸爸就深情地望望我，悄悄离开。望着他被灯光拉得修长的背影，那么高大却十分小心翼翼、笨手笨脚的样子，我的眼睛有点模糊了……

门关上了，可我总会望着黑暗的门口出神，心中不禁涌起感激之情。这深夜的脚步声让我不再迷惘，给我增添了更多的勇气与坚强，更会陪伴我的人生之路。是父母，引领我进入知识的海洋；是父母，为我的青春叛逆修剪乱枝；是父母，给予我无微不至的关怀，给予我用之不竭的力量。爸爸、妈妈，你们的恩情我怎能报答得起呢？

深夜的脚步声，饱含着深深的爱，触动我的心灵。日常生活中，仍有许多感动与温暖值得我们去发现、感悟……

（指导教师：耿艳丽）

817粒饭粒

苏铭嘉

今天，我们38位同学照例静静地坐在教室里吃中饭。坐在讲桌前吃饭的袁老师，微笑着说："吃完饭，饭盘暂时放在桌上。"

我莫名其妙，心想：是不是要比一比谁的饭盘最干净？不会吧，我们的饭盘哪次不经过袁老师过目？我们哪敢不吃完？同学们都你看看我，我看看你，不知袁老师葫芦里卖的什么药。

袁老师看到大部分同学都吃完了，就把蒋潇迪叫到身边，吩咐了几句。只见蒋潇迪拿着一支笔和一个本子，走到童升的餐盘前低下头，用铅笔指着饭粒："1、2、3……26。"数得那么认真，声音是那么清楚、响亮。

这下教室里沸腾起来，他数我的，我数他的，连粘在勺子上的饭粒也不放过。"应璐11粒。""沈佳丽15粒。"……都一一做了记录。还未吃完的我，三下五除二几口就把饭盘扫荡一空，把最不喜欢吃的海带塞进嘴巴，伸伸脖子也硬咽了下去。仔细检查后，我将饭盘端给检查员。"苏铭嘉0粒。"我高兴得一蹦三尺高。

"总共817粒。"蒋潇迪大声宣布。"不会吧！"同学们都不相信。袁老师看着我们疑惑的神情说："再算一次！"我那高兴劲儿早已跑到九霄云外。

"没错，817粒！"蒋潇迪肯定地说。我心里不禁一颤：多么惊人的数字啊！袁老师站起来语重心长地说："勤俭节约要从小事做起……"从此，我们吃饭时不用袁老师督促，上早操时及时关灯，洗拖把时水龙头开得尽量小……

（指导教师：连刚）

第一部分 阳光穿透有您的日子

平凡而伟大的爱

李高薇

父母的爱是温暖的、惬意的，常常在不经意间涌上我们的心头，让我们心间泛起一圈圈甜蜜的涟漪。

记得那一次，我不知怎么回事，肚子疼得厉害。我哭着对爸爸说："爸爸，我的肚子好痛啊！"爸爸听了立刻担心起来。过了一会儿，我又呕吐了。爸爸焦急地说："这样不行，我们得去医院检查一下。"爸爸把我送到了医院，挂号、检查……看着爸爸那忙碌的身影，我好感动。后来，医生说还好我们来得及时，要不然后果不堪设想，他要我们快去挂针，不然情况会恶化的。听了医生的话，爸爸终于松了一口气。挂针时，我迷迷糊糊地躺在床上，隐约看到爸爸把他的衣服脱下来盖在我身上，还给我买面包、水等东西。看着爸爸为我四处奔走忙碌的背影，我再也忍不住了，泪水夺眶而出，不是因为肚子疼，而是因为心疼爸爸。在之后的几天里，爸爸一有空就陪着我，直到我的病完全康复后才安心。啊！爸爸是多么爱我！

在我的印象中，妈妈是严厉的，经常为一些小事而斥责我。有一次，我因为平时不认真，测验时只考了91分。回到家，我把试卷拿给妈妈看，怯怯地对她说："妈妈，这次考试我只得了91分，对不起，我一定会努力的。""唉，你读书又不是给我读的，你对不起的不是我，而是你自己，看来你还没有认识到自己的错误！"妈妈严肃地说。接着，她拿起扫帚打了我几下。我心想：哼，为什么要打我，只是第一次嘛！我心里十分不服气。晚上，我躺在床上，看到妈妈轻轻走到我的床前，我假装睡着不去理她，妈妈轻轻抚摸着刚才打我的地方，说："对不起，孩子，打在你身上，其实痛在我的心里呀……"后面的话我已经听不清楚了。我躲在被窝里默默地哭着，这时，我才明白妈妈是多么爱我呀！

此后，对待学习我不敢再马虎了。期末复习时，我在书房做作业。做着做着，一阵清风吹了进来，原来是妈妈进来了，她把一杯牛奶放在我的桌子上，说："看你做作业累的，快喝杯牛奶吧！"我一口气把牛奶喝完了，甜甜的牛奶流进了我的嘴里，还流进了我的心里，暖暖的，美味极了！过了一会儿，又一阵清风袭来，爸爸进来了，递给我一个苹果，亲切地说："快吃了它！营养价值很高的，做作业不急！"我轻轻咬了一口，哇，一阵香味溢满我的嘴巴，这就是爱的味道！

　　父母的爱是我们的贴心小棉袄，质朴、宁静。一首曲子唱不完父母的爱，一首诗吟不尽父母的爱，我们一生都走不出父母浓浓的爱。我们在这平凡而伟大的爱中成长、品味……

（指导教师：叶华娟）

第一部分　阳光穿透有您的日子

幸福就在身边

徐清韵

小时候，我曾经想过一个幼稚的问题：幸福是什么？

我曾经在字典中寻找"幸福"的真谛：心理欲望得到满足时欣喜若狂的状态。但我还是似懂非懂，希望能够了解幸福的真正意义。

在寒风刺骨的隆冬腊月里，人人都冻得瑟瑟发抖。每次洗完澡，我都感觉到特别冷。这时，妈妈急急忙忙地送来了刚用烤火炉烤得热烘烘的衣服，我把衣服穿在身上，顿时觉得一股暖流涌入心田。我恍然大悟，原来幸福是被妈妈烤得热烘烘的衣服。

我刚刚上完培训班，已经是又累又饿，浑身没力气。回到家中，肚子就开始唱起一出"空城计"了。这时，妈妈拿出了我的最爱——红烧鳜鱼，给我个惊喜。我恍然大悟：幸福是妈妈用心做的那色香味俱全的"琼浆玉液"般的美味佳肴。

我因为生了大病而住院，打吊针。为此，爸爸特地向单位请假专门来陪我聊天，还在药快要用完时帮我叫护士来换药瓶。爸爸的举动让我明白：幸福是生病时爸爸默默的陪伴。

记得我在班干部竞选中落选了，心情很沮丧。我把这件事告诉了爸爸。爸爸听了，耐心地安慰我。使我在一个月后又鼓起勇气的风帆，报名参加了大队部干部竞选。在再次的失败中也没有气馁、伤心，而是抱着乐观的心态继续努力，就是因为有父亲的告诫：失败了也没关系，只要努力了就好。顿时，我明白了：幸福是父亲亲切的、令人温暖的安慰和鼓励。

其实，幸福就在每个人的身边，只要你稍稍感受，幸福就会在你的心田中荡漾开来，让甜蜜细长的幸福藤蔓轻轻爬满你的心灵。生活就像一杯杯浓浓的桃汁，只要你细细品味，幸福就永远在你身边。

（指导教师：邓梅艳）

爱

杨芷程

我所理解的母爱应该是：在儿女受到挫折时，母亲给予鼓励和安慰，给予他们追求和奋斗的勇气；在儿女心灵飘泊时，母亲用温暖的涟漪，轻轻荡开他们心中所有的郁结；在儿女心情不愉快时，母亲想方设法让他们变成一只快乐的小鸟，乘着彩云自由地在蓝天之际飞翔……

在平凡的生活中，母爱时时刻刻都包围着我们，陪伴着我们度过生命中的每一天。它是那么的平凡，又是那么的伟大，更是那么的真诚。

小时候，妈妈爱拉着我的小手在夕阳下散步，夕阳下的风是那么柔美，清清的，徐徐的。清风温柔地抚摸着妈妈的秀发，吹动着我的衣裳。妈妈用甜甜的嗓音深情地为我唱歌，轻轻的，像和风，像溪流。我的耳边立即飘满了她那甜美的音韵。歌声飘进了我幼小的心灵中，滋润着我心灵的每一个角落。我爱抬头凝望妈妈的眼睛，它无比明亮，就像星星，永远悬挂在我的心灵的上空。

我小时候，妈妈工作非常忙，没有多少空闲，节假日，还要去进修学习。但是，无论她走到哪儿，她的爱总会在我的身旁。

我是一个粗心的人，从未注意到母亲的爱是如此细腻，如此默默无声。

那天晚上，熟睡的我突然觉得很口渴，便起身去喝水。在黑得伸手不见五指的客厅里，有一缕昏黄的灯线从妈妈房间的门缝中透了出来。已是一点多钟了，妈妈坐在书桌前，在书桌上堆放着一叠一叠的试卷。多少个春夏秋冬，多少个日日夜夜，妈妈无论多么疲倦，都从不比我先睡下，而是陪着我读书，等我睡了，才开始做自己的工作。我看不见她慈爱的脸，只看见伏案的背影。灯光下，原来她那一头的黑发，不知怎的竟出了那么多的白色，看了让人心疼。我心里有一种莫名的感动萦绕着，似乎连屋子里的空间都充满了母爱，甜丝丝的……

　　我想替妈妈披上一件衣服。我的动作小心翼翼的，轻轻的。她朝我微笑，她的笑容是那么温暖，那么美。我感到一种热热的不明物体从我的脸颊上无声地流下来，在母爱的温度下，原来连泪也可以变得暖暖的，热热的。那天，是我给母亲铺的床，那是我十多年来第一次为妈妈铺床啊。我想，妈妈一定睡得很香，很甜。

　　妈妈经常出去学习，今天妈妈又要去学习了，本来是上午的，后来改成了下午。她很高兴地告诉我。她高兴，不为别的，只为她能给我做一顿可口的饭菜。她做好一桌子的菜，一口都未来得及吃，便匆匆走了。

　　心灵深处常常莫名感到一种爱的存在，那种爱不会随着光阴流逝，那种爱将守护我到天涯海角，直至永远。

　　母爱很平凡，但平凡的母爱是世间一座最高大的山峰，珠穆朗玛峰在她面前也要逊色。

（指导教师：黄玉霞）

又到月圆时

徐国栋

　　如果说在我的生命中有一个人永远不能失去，那么他就是我的爷爷。

——题记

　　今夜月圆，今夜无眠。

　　爷爷离家快一个月了吧！都说月圆时人亦圆，可是，今夜的爷爷在何方？爷爷，你可知道，你我相处的点点滴滴依稀浮现在眼前……

酒壶中流淌着爱

　　爷爷喜欢喝酒，每天两次，每次一酒壶，非常标准。每次吃饭，这壶酒便成了饭桌上的必需品。

　　一天，天灰蒙蒙的，下着毛毛细雨，爷爷独自一人喝着闷酒。看见爷爷喝酒时的样子，我忍不住问："爷爷，酒是不是很好喝啊？"爷爷笑而不答，他转身拿出一只小酒杯，倒上了一点儿酒，对我说："尝尝。"

　　我忍不住了，拿起酒杯一饮而尽，还真有点绿林好汉的感觉。那酒真辣，我的眼泪顺着眼角流了下来。

　　爷爷哈哈大笑说："好小子，还敢喝吗？"

　　"敢！"我坚定地说。

　　耳濡目染，在爷爷的熏陶下，我喜欢上了喝"酒"，有时周末在家，就和爷爷一起喝酒，不过大多数的"酒"是饮料或红酒。奶奶便戏称爷爷"老酒鬼"，我当然成了"小酒鬼"。

电动车上载着爱

转校后，离家远了，需要有人接送。父亲外出打工，爷爷便成了我的"专职司机"，周一送我到学校，周五放学接我回家。

又是一个周五。天阴沉沉的，就要下雪了，我们很高兴，因为这将是入冬以来的第一场雪。一会儿，刺骨的寒风夹杂着雪花呼啸而至，地上很快覆盖了一层厚厚的雪。

眼看放学了，我愈加显得焦急，望着窗外的雪花，我想不出回家的办法。铃声响起，我拖着沉重的步伐向外面走去。走出校门，一个熟悉的身影出现在我的眼前。

"爷爷！"我跑过去。

爷爷回过头来，看见我便嘿嘿地笑了起来，爷爷身上积满了一层厚厚的雪。

"你怎么不找个地方躲躲呀？"我边拍打爷爷身上的雪边说。

"怕你找不到我。"爷爷还是笑。

在雪白的大地上，爷爷用他的电动车载着我缓缓地向前驶去。

我的傻爷爷哟！

电话线连着爱

家中养的映山红花还没有完全开放，爷爷就背着铺盖卷儿走了——为了生计，爷爷不得不外出给人家养鸭。爷爷走了，对爷爷的思念，就寄托在了那长长的电话线上。

一天，傍晚时分，我正在房里读书。

"丁零零……"等待已久的电话铃声终于响起。

我迫不及待地抓起话筒："喂！"

"恺恺，"电话那头传来了熟悉的声音，"吃了吗？"

"还没呢！"我大声喊，"奶奶在外面做晚饭，你呢？爷爷！"

"吃了，"爷爷说，"吃的饺子。我现在吃得很好，老板待人也很好，我现在可什么也不馋了，嘿嘿……"

电话那头传来爷爷的笑声。我眼眶一热，差点哭了出来："好就行！"

"还有，"爷爷接着说，"我今上午爬了爬海浮山，替你求了支签，保佑你考上高中，嘿嘿。"爷爷还是笑。

我再也忍不住了，思念化作泪水哗哗地流了出来。我曾不止一次地对他说，让他待在家养老，让我爸养他，可他总是不答应，他不愿意让人养着吃白饭。

我的好爷爷哟！

今夜又月圆。我站在月光下，抬头仰望着天空，心里默默地祈祷：月亮啊，如果你愿意的话，请把我的思念带给爷爷吧！

（指导教师：侯贞利）

第一部分　阳光穿透有您的日子

老师向我借钱

尚惠玉

一开学，老师问我过年得了多少压岁钱，说这话时还显出一副神神秘秘的样子。我满不在乎地说："50元。"于是，老师伸出右手，说："老师有急事，你把压岁钱都借给我，明天再来找我要钱。为表诚意，咱们可以打张借条。"

听了老师的话，我犹如丈二和尚——摸不着头脑。没法子，虽然整个脑子里有无数个不明白，但也只好按照老师的话去做了。

我拿来纸和笔，小心翼翼地铺好纸，敏捷地拿起笔，三下两下写了一张借条，心里还默默想着：这回，我可在老师面前露一手啦！借条上写道：×年×月×日，老师向我借了50元钱。最后，我还一本正经地签上了自己的名字，按上了手印。

第二天，我好奇地拿着借条去找老师要钱。老师面不改色地说："借条拿来给我看看。"我立刻递上借条。老师看了看，然后摆出一副很有经验的架势，头头是道地说："第一，借条没有写还款日期，我可以今天还，也可以十年以后还你。第二，姓名也没写清，你光写了个老师。可以是数学老师、自然老师、思想品德老师……谁知道是哪位老师欠你的钱？第三，借条应该是借款人写才对，这借条上没我的签名，你说，这钱我能还你吗？"说完，老师得意地笑了。

看着老师那神态，我恍然大悟：原来，老师是在教我怎样写应用文呀！一张小小的借条，还有这么多学问。

这件事虽然已经过去三年了，但我还会不时想起。

（指导教师：严志敏）

关　爱

李宏伟

　　去年9月，我从实验小学转到县四小上学，来到这个陌生的环境，我有些激动，也有些紧张。这里的老师会不会很严厉？同学们见我长得矮，会不会欺负我？我会不会受到大家的冷落？我的心里忐忑不安。然而，开学不久发生的一件事，完全打消了我的顾虑。

　　记得那天上午，天空飘着小雨，好不容易挨到上完第四节课放学，我和几个在校吃饭的同学一起去食堂打饭。来到打饭的窗口，我伸手去摸自己的口袋，咦？我的饭票哪里去了？我明明放在口袋里的呀！那可是这星期最后两天的饭票呀！怎么办？我正在着急，打饭的阿姨说："同学，快点，后面的同学还等着呢！"我红着脸说："我的饭票没了。"阿姨说："我们要见饭票才打饭，你先去找找吧。"

　　我急忙往教室走，一边走，一边看地上，看楼梯，希望自己的饭票会奇迹般地出现。我来到教室，翻开书包，连饭票的影儿也没看到。我垂头丧气地坐在座位上，心想：唉！今天只好饿肚子了。

　　这时，张哲一边端着碗吃着饭，一边走进教室，他见了我，问："李宏伟，你怎么不去打饭呀？"我有气无力地回答："我把两天的饭票都掉了。"张哲想都不想，说："这样吧，我把我的饭票先给你一张，你先去吃饭吧！"我摇摇头说："不行，我用了，你怎么办？"此时的我，已经是无计可施，饥肠辘辘了。

　　"跟我来！"张哲放下碗，拉起我就跑。我们来到食堂打饭的窗口，张哲对刚才的那位阿姨说："阿姨，这是我班的同学，他的饭票不见了，你可以给他打饭吗？我是六（2）班的班长，我以我的人格担保，他没有撒谎。"阿姨看到他那一本正经的样子，笑了笑，说："好吧，我相信你，下不为例哟！"说完，她帮我打了饭，还特意给我多加了些菜。我拿起碗，狼吞虎咽地吃起来，张哲笑着说："急什么，我又不和你抢。"我不好意思地笑了。多亏了张哲，要不，我的肚子还在唱"空城计"呢！

到了第二天中午，放学前，张哲把我丢饭票的事告诉了柯老师，柯老师把我叫到办公室，亲切地对我说："李宏伟，你的饭票丢了不要紧，我家离学校很近，你就到我家去吃吧。"我急忙说："不，今天早上妈妈给我钱买饭票了。"柯老师说："买的饭没营养，又不卫生，就到我家去吃吧。"

一进家，柯老师家的奶奶把饭已经煮好，摆在了桌子上，我们坐在桌边开始吃饭。我是第一次来到老师家，心里很不自在，柯老师见了，说："不要那么紧张嘛！"说着，还直往我碗里夹菜。柯老师是我们的班主任，平时她对我们很严肃，我很怕她。可是现在，她却像是我的妈妈那样关心我！吃着吃着，我的心里升起了一股暖流。

现在的我——这个转校生，生活得非常开心！

（指导教师：王伶俐）

冷月留情爱意浓

刘泉宏

友爱的意义让两个朋友像星星与星星一样，一起共享天空，一起闪耀与发光。

——题记

"在家靠父母，出门靠朋友。"朋友是一个人在世界中的另一种依靠，而友爱则是人世间最真挚最纯洁的情谊。先人道："人生得一知己，足矣。"

大多数的朋友，只会恭维你、讨好你。即便你做错了，他们也就三个字：无所谓。而真正的朋友却不是如此。

前几日，我和你一起在培训班上课。在傍晚放学之际，你邀请我去你家玩儿，在电话里征求过父母意见后，我便与你兴高采烈地去了。

到了家，我便与你一起在阳台上品茶、赏月，并谈论着有关音乐的话题。说着说着，便扯到自己身上来了，当我说出我正在学习琵琶的时候，你便接二连三地追问起来，问我学得怎么样，过了几级了。我不以为意地答道："我初入师门，并未过级。只是遇到我喜欢的曲子便多练几遍，练得熟些；但遇到我不喜欢的曲子时便练得很少，应付过去。"话刚说完，你的眸子立刻充满失望与不屑。我知道你是一个眼里容不得沙子的人，哪怕是我，你也一定要刻板地扭转我的思想。你让我不要再嬉闹，严肃地对我说："音乐，它的本意是带给人一种听觉上的无形的美感，是用来陶冶情操的，它不是让你来制造噪音来污染环境的，无论哪支曲子，作者都动了真情，都融进了汗水与心血，它弹奏出来的是一个人的内心世界，一个人的思想意境。你不能再自以为是地根据个人喜好选择曲子，你也不要再性格孤傲地亵渎音乐了"。你的话语像原子弹爆炸一样在我的耳旁不断轰响，像一桶寒冷入骨的水从头浇到脚，把我一下子惊醒了。月光朦胧，洒在我们的身上，四周一片寂静，只有你那严厉的话语在耳边回响："你要学会心静，要学会深沉，把你杯子里的水倒掉。你要学会摆脱虚伪，学会做一个真实沉着的聪明人。其实你与别人没有什么不同，你只是一个平常人。刚才你那样真实诚恳地评价自己也是在暗示自己，你有很大潜力，你其实可以创造出更加突出的成绩。作为你最知心的朋友，不能看你这样消沉下去，不能看你错下去，不能让你自己毁了自己，也许我说得有点严重，但当我看到你大大咧咧的样子，我无法再装聋作哑，像过眼烟云一般，因为作为你的朋友我做不到。"说完，你哭了，边哭边晃着我说："我不是故意的，不是想这样的。"泪水滴到了我的手上，我分明地感受到一颗炽热的心与一种无形而强大的力量在推动着我，月下银辉轻抚着我们俩，时不时吹来阵阵微风。我心中感慨万千。思绪已然像那纷纷扬扬的柳絮四处飞舞，我在恨你吗？不，我在感谢你！

一番言辞，让我清醒地看到了自己的不足。于人生，这是至美；于命运，这是在为自己扫雷。到此时我才知道，你给予我的爱是真挚的，更是高贵的。

嫣然，谢谢你。我会做另一个你。

那一晚，月光皎洁，云雾娉婷，我和你在阳台上坐了好久，共赏一轮明月，恍惚间我捕捉到一个婀娜的身影，心里一惊。想起了那个传说："嫦娥是个重情的人，只要有真情再现，她便会以舞相伴。"

（指导教师：耿艳丽）

爱如冬雪

王璐玮

我踏着沉重的脚步，一步步走进房间，竭力不让爷爷逝世的消息击破自己的心底防线，只好任由眼泪缓缓流过脸颊。窗外飘扬的白雪舞出唯美动人的舞姿，一阵阵拨动着我脆弱的心弦。

爷爷的爱正如冬天洁白的雪，太多太多，数也数不清，更别提报答。

每回我到爷爷家时，一定会看到一大桌菜等着我。爷爷总是第一个把虾、鱼、螃蟹等夹给我吃，然后看着我吃"新鲜货"，自己吃着一些再普通不过的"平常货"。"爷爷，吃大虾啊！可好吃了！""爷爷吃过了，在你来之前就吃过了，你吃吧！""爷爷骗人！""小笨蛋，爷爷一把年纪了，什么没吃过。"我恍然大悟，理所当然地狼吞虎咽起来。爷爷笑盈盈地对我说："慢点吃！小心噎着！"

我凝视着窗外的雪花，它们轻轻柔柔地跳着曼妙的舞，又飘飘扬扬地落在地面上，接着融化。空中一片白茫茫，为这五彩缤纷的世界添了一丝亮丽，正如爷爷总考虑他人，从不顾及自己。

雪越来越大，又把我的思绪拉回回忆。

记得有一次，爷爷说下午来学校接我，我告诉他四点三十分放学。那天，太阳晒得大地都要裂缝了，然而我，却因为贪玩忘记了时间，快要六点的时候才走出校门，爷爷就在大太阳底下站着，双腿微微发颤，看见了我，立即大声叫："哎呀，你可把爷爷吓死了，我知道自己腿脚慢，又怕你提前放学，三点从家出发，四点就到校门口了！"两个小时里，他无时不在为我担心！太阳这么毒辣，别人也许没事，但对于一个有着一身慢性病的老人来说，真不敢想象！泪水模糊中，我仿佛看到一个步履蹒跚的老人一脸紧张地站在学校门口，时不时地看一看手上的表。也许，汗水浸透了他的衣衫；也许，忽来的大风拂起了他的银发；也许，长时间的站立耗费了他大量的体力。但是，只要这一个但是就足够了，他深爱着他的孙女。

雪仍旧下着，铺天盖地，漫天飞舞。这时，清楚地，我的耳边又回响起爷爷的声音："孩子，不要哭，要记得，不能向困难低头！眼泪是懦弱的表现，我希望你做一个坚强的人！"

想到这儿，我再也无法控制自己的眼泪，让它们如河水决堤般汹涌而出。但泪水终究不像雪花，更无法与雪花形成一幅和谐的自然美景。雪花在空中旋舞，而泪水却砸在地上，让人心痛不已。

对，爷爷，我是一个坚强的人，我不哭！

爱如冬雪，美丽而纯洁，在冰冷的季节上演华丽而又温暖的演出。但爱又不同于冬雪，一场冬雪说过就过，而爷爷对我的爱是永恒的。每每想起，我的心里又不禁感到温馨幸福而又有点感伤。

冬雪有冬雪的好处，在我又一次望向窗外时，它们舞出了一支绚丽的舞蹈，让我记住，记住爷爷永恒不变的爱！

（指导教师：赵莉）

拖鞋上的爱

杜　尧

每个人都有自己喜欢的人，我也不例外，我最喜欢我的妈妈。

我的妈妈个子一般，不胖不瘦。稍有轮廓的脸上常挂着笑意。烫一头长长的卷发。鼻梁上还架着350度的"放大镜"。每天我都和妈妈同进同出校门。你猜我妈妈是干什么工作的？对了，我妈妈是教师。

"天下的妈妈都是一样的"，我的妈妈对我更是关心得无微不至。一个冬天的早晨，我打着哈欠从睡梦中迷迷糊糊地醒来，大声喊："妈妈，我要起来！"没有回答。天真冷啊，我蜷缩着身子探头一看，妈妈的被窝空空的。我下了床，发现地板上有两双拖鞋。咦，奇怪了？这个房间只有我和妈妈睡觉，妈妈起床了，那么应该只有我的一双拖鞋。我忍住没有问妈妈。第二天早晨，变成了三双拖鞋；第三天……我想做一回小福尔摩斯，解开这个谜。又是一个宁静的早晨，我早早地醒了。不一会儿，妈妈轻轻地翻了个身，她先小心翼翼地拿起枕边的钟表看了看，然后探身看了看我。我赶紧把眼睛闭上装睡。等妈妈不注意我了，我的眼睛又睁开了一条缝。只见妈妈下了床，蹑手蹑脚地走了出去。天哪！妈妈竟然没有穿鞋！看到这里，我恍然大悟，一股暖流在我心中流淌。妈妈！原来你为了不把我惊醒，让我多睡一会儿，在寒冬腊月里赤脚走出房间，到客厅里去穿鞋，晚上又把另一双拖鞋穿进了房间……

"天下的妈妈都是一样的"，我的妈妈也是个啰嗦的妈妈。一下课，妈妈就皱着眉头喊"喝水！快点喝水！"待我满脸通红，一鼓作气将水喝下去时，妈妈的新"话题"又出来了："把背挺直！"说完还用力拍了拍我的背，害得我刚喝下去的水差点被她"拍"出来。"丁零零"，午饭的铃声响了。我们排着队去食堂吃饭。我快速地盛了一勺饭，吃了起来。"痛苦"的是，妈妈今天是导护老师。我正吃得津津有味，妈妈一个快闪身，以迅雷不及掩耳之势，往我碗里又添了一勺饭："吃这么少怎么行？这个白菜要吃的啊。"接着又开始对我和其他同学喋喋不休：吃饭多又不是丑事情，民以食为天……

（指导教师：梁晓雁）

等　待

范津津

人的口中所能发出最美妙的声音就是"妈妈"。

——题记

她的爱如春天里柔和细密的春雨，滋润我干渴的心灵；她的爱如夏季里凉爽无私的清风，吹散我心头的愁云；她的爱如秋天里伟大坚强的秋菊，熏陶我心中的伤痕；她的爱如冬日暖和舒适的棉被，温暖我受伤的心灵。

自打幼时起，家就是一座简易的二层楼房，而妈妈则是这家中的顶梁柱。父亲长期在外打工，爷爷、奶奶年事已高，行动早已不便。妈妈在家里任劳任怨地操劳着一切。年幼不懂事的我，还时不时给他添点"杂活儿"。

记得有一次，太阳肆无忌惮地把闷热洒向天地，绿叶都经不起烘烤，沉重地低下头。而我呢，却在院子里活蹦乱跳。"闺女，外边热，快到屋里来。"妈妈柔和的声音唤我回去。但我是一个"多动症"患者，中午，他们都睡觉了，贼头贼脑的我悄悄地溜出门去。成功溜出家的我有一种莫名的成就感。不知不觉就到了小伙伴家，大家在一起密谋下午的有趣生活。几个小脑袋拢在一起，不知在悄悄说些什么。"好，我参加。"我义无反顾地举起右手，"走，行动！"大家齐声喝道。

"走，走，走走走，我们小手拉小手……"愉快的歌谣与清风流水应和着，就连太阳公公也被我们的歌声吸引，跟着我们一起"走"。欢歌笑语在青山绿水间回荡。经过一个多小时的山路，终于到达目的地——小河边，满头大汗的我们再也禁受不住河水的诱惑，跳到小河里，大口大口地畅饮，像吮吸母亲的乳汁一样甜蜜。接下来，就要进行我们的正式任务——摸螃蟹。在大家的喧闹声中，我完全忽视了母亲焦急的等待。时间像拉满弓的箭，飞一般地穿过空气。太阳渐渐露出红晕的脸，小河欢快的歌已不那么嘹亮，大家这才意识到很晚了，急忙收拾东西回家。当我走到村口的时候，他们便告诉我妈妈像发疯了似的找我，我气喘吁吁地跑回家，看到母亲焦躁地来回走动，眼眶里的泪珠在涌动。当她用希望的目光看着我，当她用温暖的手拉住我，当她眼泪掉下来的一霎那，我猛然发现：我错了，我不是一个孝顺的女儿。"津津，你去哪儿了，妈都快急死了。"她一把将我搂在怀里。她的怀抱那么温暖，那么舒适，还有那颗跳动着的爱我的心。

晚上，我打来一盆水，轻轻地把她的脚放进去，柔和地洗着。抬起头，蓦地发现妈妈老了，双鬓的白发是她整日操劳的见证，眼角的皱纹是岁月流逝的痕迹，粗糙的双手是辛勤的影子。"妈，您辛苦了。"妈妈惊异地抬起头又默默地点点头。"妈妈，您老了，女儿不孝，让您担心了。"妈妈眼里满含着泪花："津津，你是咱家唯一的希望，你一定要争气啊！"她那期望的目光让我永不能忘。

从那以后，我再也没有让妈妈这么焦急地等待。我知道，她的内心在等待，等待我的好成绩。

母亲的等待是我未来的美好生活；母亲的等待是我人生路上的指向标；母亲的等待是我遇到困难时的激励；母亲的等待是我遇到挫折时的鼓励。在那偏僻的小山村，母亲在等待，在等待……

（指导教师：南海滨）

第二部分

难忘那扇玻璃窗

这就是爱的魔力，整个世界被爱包围着，是一件多么幸福、美好的事啊！奇迹之花，永远只会在爱中开放。

——唐龙《车厢内的爱心接力》

难忘那扇玻璃窗

高启亮

暑假的一天上午，我和家属院里的一群小伙伴相邀踢足球。大家不愿到较远的操场上去玩，便在场地不大的院子里踢了起来。

我和胡啸、韩旭一队，刘畅、张衡、杜一凡一队。我们开始比赛了。只见张衡带球过人，动作熟练，一转眼就踢进了我们的大门。我们很着急，但无能为力，不一会儿，杜一凡又向我们的大门攻进一球。我们队着急了，胡啸接到球以后，勇往直前。刘畅上前阻截，胡啸见状，不管三七二十一，起脚劲射。谁知足球正好飞到了一楼王悦姐姐家的玻璃窗上……

我们被突如其来的事吓呆了。大家你看看我，我看看你，都没有说话。这时王悦姐姐的爸爸出来了，他问道："是谁踢碎了玻璃？"我们心想，王叔叔肯定要大发雷霆，惩罚我们了，大家都害怕极了。这时，胡啸自己勇敢地站出来，说："叔叔，是我踢的。"王叔叔看了看他说："你们不能在这么小的地方踢球，球碰破了玻璃是小事，伤了你们怎么办？你这孩子，承认错误就好，现在到别处去踢吧！"听了王叔叔的话，我们长出了一口气。大家都为这件事能迅速平息而高兴。

这件事对我触动很大，使我意识到，一个人犯了错误必须主动承认。我佩服胡啸的做法，更佩服王叔叔的宽宏大量。

（指导教师：洪志颖）

车厢内的爱心接力

唐 龙

行驶在雨中的一辆长途巴士上，车厢左侧的一块玻璃碎了。雨点飘落进来，滴在靠窗边的乘客的身上。窗边的乘客没有什么大的反应，只是从容地拍了拍身上的雨水。而在一旁的售票员看不下去了，走上前撑开雨伞，用伞挡住破的窗口，一边顶还一边诚恳地向乘客们道歉："对不起！各位乘客，这是我们公司的疏忽导致的。请各位不要惊慌，雨不会再滴进来了！"她的声音虽然很小，但很坚定。

过了一会儿，雨变大了，也刮起了大风，售票员吃力地顶着，她那瘦弱的身材在大风大雨中显得格外渺小。风和雨像发了狂的雄狮向她扑来，但她更加用力了，手微微弯曲，身子斜着，咬紧牙关，一步也不后退。一秒两秒三秒……时间过得真快，马上过去了十分钟！谁也没有想到一个姑娘能坚持这么久！

突然，她旁边的一个大汉猛地站起来，一把夺过她手里的伞，用那充满肌肉的手十分用力地紧紧握住了伞把，对售票员说："让我来！"全车厢都不约而同地响起了一阵阵鼓掌声。

过了一阵后，那个大汉到站了，他依依不舍地下了车。这时，又上来两个小同学，一人握住伞把，另一人握住伞棍，他们两个精神抖擞，像是准备上战场的士兵一样。

看到这样的情景，大家都不约而同地抢着说："下一个是我！下一个是我！"

车厢里顿时热闹起来。

又过了一会儿，那两个小同学到站了，车内的人们都争先恐后地跑上前，"让我来……""我先来，我快下车了。""等我下车就给你。"就这样，一场爱心接力无形地展开了。

等到了终点站，司机走到那个破碎的窗口看了一下，惊讶地发现，座位上居然没有一滴雨！

这就是爱的魔力，整个世界被爱包围着，是一件多么幸福、美好的事啊！奇迹之花，永远只会在爱中开放。

（指导教师：张琼芳）

一根蜡烛

李 悦

一天夜里，下着倾盆大雨，爸爸妈妈又不在家。我把家里所有的灯都打开了，心里才舒坦些。

突然，"轰隆"一声之后，停电了，屋里黑漆漆的，我害怕极了，全身发抖。我摸着黑找到了一小截蜡烛，用打火机把它点燃。门外风雨交加，不时传来一阵阵雷声。蜡烛太短，烛光也特别微弱，在寒风中摇曳着。我默默祈祷，希望蜡烛能慢点燃。

突然，一股凉飕飕的寒风吹来，把蜡烛给吹灭了，我不知如何是好。正在此时，"咚咚咚"，响起了一阵急促的敲门声。我壮着胆去开门，原来是大院里的黄阿姨，和妈妈是好朋友，就住在隔壁楼栋。她拿着一支手电筒，气喘吁吁，看样子是奔跑过来的，被雨淋得像一只落汤鸡。她问："你们家里有蜡烛吗？"我心里嘀咕：想借蜡烛呀，我自己都不够用了。立马回答道："没有。""我就知道你们家没有蜡烛，怕你们不方便，给你们送来了。"黄阿姨笑着说。我的脸一下子红了。

她走了进来，从衣兜里掏出一根崭新的蜡烛，递给我。我从她手里接过蜡烛，她的手冰冷冰冷，满是雨滴，蜡烛却一点儿也没被打湿。

我把蜡烛点燃，微弱的烛光照着我的脸庞，温暖了整间小屋，也温暖了我的心。

（指导教师：严军）

第二部分 难忘那扇玻璃窗

两只橘子

耿艳波

集市上，车铃声、叫卖声交织在一起，像一曲没有指挥的大合唱。

在市场入口处一个不太显眼的地方，蹲着一个十五六岁的姑娘，她面前放着一大筐橘子，黄澄澄的，水灵灵的。不管周围的小贩们如何直着嗓门吆喝，她只是静静地守着。

一位妇女领着一个五六岁的小女孩走过来。那位妇女随手拿了一只橘子掂了掂，问了问价，说要先尝尝。"妈，我也要吃。"小女孩对着大人嚷着。"嘻嘻，给……"那位妇女把橘子递给了小女孩，又随手从框里拿了一只。

"甜吗？"卖橘子的小姑娘微笑着问道。

038

眨眼已经吃了一只橘子的妇女，抹抹嘴巴，忽然皱起了眉头说："哎呀，有一点酸……"说着拉起小女孩就要走。可小女孩不肯："妈妈，橘子好甜，我还要吃。"

"瞎说！"妇女见女儿不走，脸红了，火也上来了，照着小女孩的脊背"啪"的就是一巴掌，小女孩"哇"的一声哭了起来。卖橘子的姑娘见此情景，拉过孩子护住，又拿了两只橘子要给小女孩。

妇女拉着小女孩的手，不让她接姑娘的橘子。"不要！"妇女嘴里仿佛要喷出火星儿，声音很刺耳。

卖橘子的姑娘轻轻地咬了一下嘴唇，用轻柔的声音说："不买就算了，反正橘子是自家种的，树上还有，这两只算得了什么。"她静静地望着妇女，理了理被风吹乱的头发，说："给小妹妹吃吧。"

妇女脸红了，手里捧着两只橘子……

（指导教师：胡晓楠）

放走小鸟的叔叔

王　颖

有一天，我来到了郊区望城县的一处河边，去看看那茂盛的草地，看看那清澈见底的小溪。

来到河边，我居然发现了许多我曾经见过的在集市里出售的鸟，它们开心地从我的头顶上掠过，这令我惊喜不已。我用手把一只只鸟赶在一起，正当我准备伸手去捉时，一个陌生的声音喊住我："小朋友，别捕那些鸟！"循声望去，只见一个戴着眼镜、身材高大的叔叔正对我说话。我三步并做两步地走了过去，站在叔叔的面前，好奇地看着他身旁成千上万的鸟笼，有的笼中已空空如也。我看呆了，就不解地问叔叔："叔叔，你的身旁怎么这么多鸟笼，难道那些鸟都是你放的？"我的心里其实已经知道了这个问题的答案，可好奇心还是驱使着我问这个问题。

突然，那个叔叔的眼睛里闪了一下异样的光，嘴角也跟着动起来："对，是我放的！这些鸟是我费尽周折，通过一些渠道买来的一些珍稀鸟类。""那一定要花费很多钱了！"我惊讶地说。"没事，只要能解救那一只只可怜的小鸟，怎样都值得！"他平静地说。正说着，只见他从鸟笼中小心翼翼地捉出一只鸟儿，放在手心轻轻地抚摸着，嘴里还喃喃自语着："鸟儿，鸟儿，快飞吧，飞得越远越好。"出笼的小鸟欢快地展开翅膀向蓝天飞去，叔叔张望着鸟儿飞去的方向，直到它渐行渐远。

我看了看叔叔，发现他衣着朴素，脚上穿着的鞋沾满泥巴……

我被深深地震撼了！

（指导教师：张琼芳）

039

第二部分　难忘那扇玻璃窗

感 动

张 峰

寒风呼啸着，楼下的快餐店尤为热闹。那对和蔼可亲的夫妇正忙得不亦乐乎。我拿起妈妈留下的钱，下了楼。

"叔叔！麻烦您给我六根油条。"

"好嘞！"叔叔爽快地应和着。

不一会儿，热气腾腾的油条端上来了。金灿灿，黄澄澄，诱人的香味越发使我的肚子唱起了"空城计"。迫不及待地拿起，大口地吃起来。不一会儿，六根油条便被我扫荡完毕。"真香！"我心满意足地拿起纸巾，擦了擦嘴。

"叔叔，给钱！"说着我将一元五角钱放到了桌上，一路唱着小调往回走。已离油条铺有一小段距离，但寒风还是将那个叔叔与一位食客的话灌到了我的耳朵里。我不由得停下了脚步——

"六根油条多少钱？"

"两块。"老板答道。

"刚才那孩子不是给了一块五吗？"

"噢，你说他呀！他是楼上的。他掏口袋时我就发现他只带了一块五，我再要五毛，不是让孩子为难吗？"

听到这里，我不禁感动了。他避免了我众目睽睽下拿不出五角钱的尴尬，保护了一个孩子的自尊。

望着老板忙碌的身影，我感到他含笑的面容是那么亲切。"谢谢你。"我暗暗地说。

寒风呼啸，但一股暖流却在心底涌动着……

（指导教师：张红娟）

让 座

刘姝彤

5月的一天，我上完课回家，好不容易挤上了一辆公交车，站在一位老爷爷和他的女儿的旁边。车上的人很多，几乎没有人注意到这位老爷爷。

汽车行驶着，老爷爷依旧站在那儿，没有人自愿给他让座，写着"老弱病残专座"的座位早已被年轻人稳稳当当地占据了。

正当这时，一个小女孩站了出来说："老爷爷，你坐到我这儿来吧。"她站起来，指着自己的座位。"不，不用。"没等老爷爷说话，他的女儿就抢着说，"谢谢你，没关系，站着也挺好的，不用坐，不用坐。"她似乎不想让老爷爷坐下去。小姑娘尴尬地站在那儿，坐也不是，站也不是，脸色发白。

"好，我坐，谢谢你了。"老爷爷拍拍女儿的肩，坐下了。小姑娘恢复了之前的神情，脸庞红得像红领巾一样，开心极了。

不一会儿，小姑娘下车了。

老爷爷坐在那儿好像很痛苦。她女儿轻声问："爸，你臀部上的伤还痛吗？""不是很疼……""您真是的，非要自己受罪……""孩子，拒绝别人的好意，人家会难堪的。"

原来，这位老爷爷为了接受让座的小姑娘的好意，忍着自己的疼痛坐下座位，免使小姑娘难堪、尴尬。

公交车来往如梭，永不停歇。敬老爱老的传统美德在小姑娘身上发扬光大。老爷爷忍痛怜幼之举，充分体现了人间的大爱。

我的心灵为之震撼，小姑娘和老爷爷的行为都值得我们永远学习！

（指导教师：张琼芳）

第二部分 难忘那扇玻璃窗

故乡行

兰梧嵩

寒假，我回到了故乡广西。

大年三十晚，鞭炮声响彻满城。久未归乡，这次回来感觉一切都格外亲切。第二天，我就去外婆家，因为我的表弟听说我回来了，早早就在那里等我过去和他一起玩。

表弟长得比较高，皮肤很白，整个人长得白白胖胖的，很惹人喜爱。他性格开朗，成天乐呵呵的。但在这快乐的外表后面，你绝不会想到，他早就失去了母爱。在他很小的时候，他母亲已经离开人世。因为这样，所以大人们对他怜爱有加。妈妈也常常提醒我，要多关爱表弟。

这次见面，大家都很高兴，说了老半天的话，我还送了他几件礼物。

不知不觉到了晚上，这小城的上空被五颜六色的烟花映得亮堂堂的，乒乒乓乓的鞭炮声震耳欲聋。我们也按捺不住了，拿起白天买的烟花爆竹跑到了院子里。

我们点了一支又一支烟花，宽大的院子上空顿时五彩缤纷，一串串炮仗"噼里啪啦"地响个不停。不知不觉，只剩下了最后一盒鞭炮，一打开，有七个，我们每人分三个，还多余一个，两人谁都想要，争执了一会，最后决定猜拳决定，结果我赢了。我很得意地把鞭炮抢了过来。而他，就像打了败仗的士兵，灰溜溜的。现在想起来，我真的太自私了。

我点燃了鞭炮，正准备扔出去，突然"砰"的就炸了。我顿时疼得蹲在地上，心里暗骂这鞭炮。表弟见状，急忙冲过来，看我着实被炸得不轻，他顾不上自己放在地上的三个鞭炮，连忙扶我回到屋里，仔细地帮我清理伤口。过后想到那鞭炮，回去找时，发现早不知去向了。

之后我回到爷爷家，越想越感觉自己对不起他，决定买一盒鞭炮送给他作为补偿。

第二天，我去了他家，把鞭炮递给了他。没想到他却还了回来，说："表哥，这没什么大不了的，晚上我们再一起去放鞭炮，好不好？"

一时间，我很感动。他的宽容、大度、厚道、善良，我都自愧不如。

很快，我要返回广东了。走之前，我决定再和表弟好好地玩几天，也尽一个表哥的职责，让他感受到兄弟之情。我要把那晚的事情铭记在心，永久地珍藏在心里，也时时拿来提醒自己，别人在关爱自己，而自己也要不忘去关爱别人。

（指导教师：黄玉霞）

第二部分　难忘那扇玻璃窗

"大笨熊"的秘密

蔡明甲

我和好朋友F肩并肩走着。F忽然冒出一句："哎，你说幸福在哪里？"

我想了一下，说："我的幸福拴在'大笨熊'的尾巴上。"

F被我的这个答案弄得一头雾水。"拴在'大笨熊'的尾巴上？真是怪话。"我看着F那样，扑哧笑了一声，慢慢向她讲起了我的故事。

我在家人的眼中是个乖乖女，在老师眼中是个好学生，但在同学们的眼中却是个落落寡合的清高女孩。由于我的不合群，同学们都疏远我，我感到十分孤独寂寞，就像床上角落里的那只大笨熊。

一次测验，我的成绩一落千丈。开完家长会后，爸爸妈妈都跑到我房间来问我是怎么回事。可我坐在小床的一角，紧紧抱着大笨熊，什么也不想说。

晚饭时，爸爸说："明儿，听老师说你有点孤僻，有点清高，不愿和别的同学交往，是这样吗？"我微微地点了点头。

"哦，这样子不太好。"

"爸爸，我没有朋友，我真的很寂寞。爸爸，幸福是什么？"

爸爸想了一下，对我说："幸福拴在'大笨熊'的尾巴上。"

我开始上网，网上的世界跟现实世界有些不同。我在网上交了一个很要好的网友——他的网名就叫"大笨熊"。

我经常向"大笨熊"诉说我的不开心，"大笨熊"也不厌其烦地开导我，我不禁暗暗高兴：我的网友是最好的。

一次，我突然问"大笨熊"："幸福是什么？"

"大笨熊"说："幸福有时很抽象，有时又很具体；有时很遥远，有时又近在咫尺。奉献是幸福，给予是幸福，获得是幸福，享受是幸福，帮助也是幸福，一句幸福的话是幸福，一个理解的眼神是幸福，一个善意的微笑是幸福……幸福是心灵的感觉，幸福是生命的体验……其实，在你身边处处有微笑，也处处有幸福，只要你善于发现。"

我顿时明白了许多。从此，我不再那么清高了，我向每一个同学微笑，主动走向每一个同学。很快，我和同学们打成了一片。

这时，我发现，"大笨熊"说得很对。

那天，我又碰到了生活中与同学相处的问题，便去请教妈妈。

妈妈不知该说什么，她静静地不答话，过了一会儿，又像是自言自语，说了一句："你爸爸真是只'大笨熊'，也不直接教教你……"

忽然，我恍然大悟——爸爸就是网上那只"大笨熊"！

一切都明白了，我留了一张纸条给爸爸："您是世界上最好的爸爸，您给予我幸福，您给予我希望，让我微笑面对人生，改正缺点。非常感谢您，'大笨熊'。不过，不要再骗我说您是陌生人了。"

听完我的故事，F恍然大悟："原来如此，不过幸福不是拴在'大笨熊'的尾巴上。人生最大的幸福是被人理解，最甜蜜的微笑是笑对人生，笑对'大笨熊'，不是吗？"

我微笑，点头。抬头看天，天好蓝好蓝，空中有鸟儿飞过，我听到鸟儿的欢笑很清脆。

045

（指导教师：付云前）

第二部分　难忘那扇玻璃窗

那一片掌声

卢家明

默文从呱呱坠地起，就生活在父母无奈的长叹和别人异样的目光里，随着年龄的增长，他知道他与别的孩子不一样，他天生残疾。

上学了，默文总是很早去学校，很晚才离开。教室到大门的那段路对他而言，竟那样的艰难漫长。他害怕遇到自己的老师和同学，害怕别人背后的指指点点和窃窃私语。

细心的语文老师觉察到了这一切，陷入了深深的担忧之中，他想帮助这个自卑的孩子。

那天是作文课，同学们都静静地坐在座位上，老师姗姗来迟。

"今天，我们的作文课是进行一场演讲比赛。"

同学们都紧张地准备着手中的稿子，只有默文静静地坐在那儿，因为他知道老师从来不会叫到他。

几个同学演讲完毕，默文突然听到一个熟悉的名字，老师竟然点的是他！他有些惊讶，抬起头，疑惑地看着微笑的老师。老师向他轻轻点点头，柔和的眼神似乎在说："你能行！" 他心里顿时涌上一股勇气，拿出压在书桌下叠放得整整齐齐的演讲稿——其实他比任何人都认真，那改了几遍的工工整整的演讲稿是他花了三个晚上才整理出来的。

在走向讲台的路上，他有意拖着自己的左脚，留意着同学们的神情，可那一副副同情的表情让他的心立即凉了大半截。他站在讲台前，胆怯地低着头，五分钟没发一个音节。突然，一片掌声热烈地响起，是老师带头在鼓掌为他加油！那片掌声持久地响着，仿佛是古战场上激励战士前进的号角声，那样的激越高昂，催人奋进！顿时，自信的火花在他心中燃起，他勇敢地抬起头，迎着老师和同学们热情的目光，开始了他的演讲。站在讲台前，他第一次觉得自己与别人并没有什么不同！站在一旁的老师欣慰地笑了。

从此，众多的学生中出现了一个走路摇摆的学生，他总会自信地昂着头。那一节课，那一片掌声，让他的人生从此一片光明！

（指导教师：程芳芳）

第三部分

一份特殊的作业

　　一把提琴，操在乐师手中，就能奏出一首首悠扬动听的乐曲。

　　一支画笔，握在画师手中，就能变成一幅幅动人心弦的美作。

　　一颗爱心，安在母亲怀中，就能散发出温暖人心的幸福气息。

——金怡华《母爱，荡漾我心》

一份特殊的作业

高 莹

我有一位好妈妈，她没有漂亮的容颜，也没有体面的工作，只是一位普通的家庭妇女。她非常疼爱我。从我出生的那一刻，妈妈就一直为我操劳着。十二年来，妈妈的头上有了几根白发，皱纹也悄悄地爬到了她的脸上。

今年的"三八"妇女节这天，下午放学前，班主任柯老师给我们留了一份特殊的作业——回家帮妈妈洗一次脚。一听这作业，教室里炸开了锅。有人说："我在家都是妈妈帮我洗脚的。"还有人说："这种作业太特殊了，读了六年书，这可是头一回。"也有人说："我的天啊！妈妈的脚会不会很臭呀，怎么洗呀？"我也在心里想：老师是不是存心为难我们呀？我回家怎么好意思跟妈妈开口呢？

吃过晚饭，妈妈洗完碗，拿着脚盆准备去卫生间，见我呆呆地坐在桌旁，她问我："莹莹，发什么呆呀，快去做作业呀？"我支支吾吾地说："妈妈，晚上的作业是，是，是要帮你——洗脚。"妈妈听了，很是吃惊，说道："什么？帮我洗脚？不用，不用。"我默不作声，不知该说什么好。妈妈提醒我说："你快去书房看书，我自己去洗脚了。"突然，我不知哪里来的勇气，大声对妈妈说："妈妈，今天的作业非得完成，还是让我来帮你洗脚吧。"妈妈拗不过我，只好同意了。

我接过妈妈手里的脚盆，让妈妈在椅子上坐好，然后麻利地端来一盆热水。我蹲下身子先试了试水温，再把妈妈脚上的鞋和袜子脱下来。我拿过妈妈的毛巾，把她的双脚放到脚盆里浸泡。这是我第一次这么清楚地看到妈妈的脚。妈妈的脚并不光滑，脚趾上有很多茧子，脚板上的皮很粗糙，还有些裂口。我的心头一震，想到妈妈每天该是多么辛苦呀！我那不争气的眼泪差点流出来，我怕妈妈发现，急忙低下头用毛巾从妈妈的脚丫洗到脚后跟，一遍又一遍地，反复洗，终于把妈妈的脚洗干净了。最后，我又拧干毛巾帮妈妈把脚擦干，我问妈妈："舒服吗？"妈妈眼中似乎闪着泪花，连声说："舒服，舒服！我家莹莹长大了，懂事了！"听了妈妈的话，我真有点不好意思。

晚上，我躺在床上，久久不能入眠。谁言寸草心，报得三春晖！真感谢老师给我留下了这份特殊的作业！我明白了老师的用意。妈妈，您把所有的爱给了我，以后我也一定会关心您，报答您！

（指导教师：王伶俐）

049

总有一种爱与我同行

侯晓笛

不露痕迹的爱更让人心动。

——题记

年华似流水。

弹指间，初二的岁月就要从我的指尖滑落。回首走过的岁月，蓦然发现，我的青春簿上又留下了无数的故事——微笑与眼泪并存，欢乐和痛苦同在。然而，感受更多的是欣慰，是温暖，是幸福。

有这样一位老师

050

那是2010年暑假后新学期开始，担任我们语文课的是这样一位老师：白皙的脸庞，中等的身材，鼻梁上架着一副黑色眼镜，全身洋溢着文学的气息。早就听爸爸说过语文老师的大名——马芬，字写得好，课讲得棒。一段时间的相处，马老师潇洒的板书，标准的普通话，温柔的课堂语言，像一块块磁石紧紧地吸引着我。

一次单元检测，由于我的粗心大意，"积累与运用"部分丢了不少分数，我忐忑不安，预测会遭到老师严厉批评。没想到，语文老师把我叫到办公室后，没有严厉批评，只有委婉说教；没有阴沉的面孔，只有和蔼的笑容。记得语文老师对我说了很多，无非是"认真学习"、"以后注意"等等。最后语文老师送给我一句话："细节决定成败，下一次你应该考得更好。"一语惊醒梦中人，正是语文老师这句话，让我明白了自己的不足之处。

是的，自己的这次失败不正是在注音、字形和标点等这些细节上吗？

"细节决定成败"，多么经典的一句话！自那次谈话之后，学习中我注意了每一个细节，我的语文成绩日渐提高。我深深明白，我取得的优异成绩上凝聚着语文老师的心血，闪烁着语文老师的汗水。

我很幸运，有这样一位富有关爱之心的老师与我同行！

有这样一位同桌

我的同桌是一位乐天派的男生。脑袋大大的，个子高高的，笑容经常挂在脸上，以至于我怀疑他有没有压力，有没有忧愁。

秋末冬初，流感袭来。感冒，发烧，咳嗽，我不得不去医院治疗，医生建议我在医院打点滴。恰逢期中考试备考，学习非常紧张。我躺在病床上，心却在教室里——不知老师做了哪些辅导，讲了哪些重点，也不知今天复习了哪些内容。

输液后回到教室，打开英语课本，顿时惊呆了——课本上都用红笔进行了勾画，重点难点都做了详细的记号。是谁默默地为我考虑得那么周到？原来，我的同桌自己做标记的同时也给我做了标记。抬起头，看见了同桌那双大大的眼睛，眼神里充满了关切，充满了鼓励。没有标榜，没有夸耀，润物无声。

一种感动涌上心头。此时的同桌，多么像我的一位兄长。

我很感动，有这样一位富有友爱之心的同桌与我同行！

有这样一位父亲

一次偶然的机会，我写了一篇文章——《有种感觉叫幸福》，爸爸利用工作之余，给我进行了评改。我怀着试试看的心理，把它投给了《作文导报》报社。慢慢地，这件事就淡出了我的脑海。

大约一个月后的一天，报社突然给我寄来了样报。仔细一看，我写的文章竟然变成了铅字。

"太妙了，我的文章发表了！"我兴奋起来。

我知道，爸爸对我的文章进行了仔细修改，并写出了恰当的评语。作文的发表，饱含着爸爸对我写作的关心。

过了几天，爸爸拿着一张汇款单高兴地对我说："晓笛，报社给你寄来的稿费，35元！"又是一个惊喜。

这可是我第一次凭自己的能力赚到的钱，也是会写作以来收获的第一桶金，我将铭记在心。人生有许多的第一次，但唯有这一次，给我的写作注入了强大的动力，我要把第一次变成每一次。

爸爸把35元稿费递到我手里的时候，慈祥地对我说："有了第一次，就会有第二次，爸爸期待着。"我重重地点了一下头。

我很自豪，有这样一位富有慈爱之心的爸爸与我同行！

刚刚逝去的岁月，伴随着老师、同学和父母的爱，我有了丰富的收获。相信未来的日子里，我会吮吸着这充满真诚、温暖和善意的爱一路前行，并把这种爱的醇香播撒给每一个人。

（指导教师：侯贞利）

母爱，荡漾我心

金怡华

一把提琴，操在乐师手中，就能奏出一首首悠扬动听的乐曲。

一支画笔，握在画师手中，就能变成一幅幅动人心弦的美作。

一颗爱心，安在母亲怀中，就能散发出温暖人心的幸福气息。

已经是凌晨了，我忽然觉得有人轻轻走进了我的房间。我眯着眼瞟了过去，来者不出所料果然是妈妈。我继续躺着，趁机眯着眼睛偷偷窥视。只见妈妈缓缓将被我踢到一旁的被子盖好，又环视了一下周围，然后她借着微弱的灯光默默地帮我把乱成一堆的桌子一丝不苟地整理干净，便轻轻地关了灯悄悄地走了出去。接着，我又听到了"哗哗"的流水声……我的眼睛湿润了。

我和弟弟经常能看到，每天早晨，妈妈那极力掩饰的纯净眼眸里多了几丝疲惫和困倦，然而阳台上却挂着我们姐弟俩的一件又一件的洁白干净的衣物——妈妈为了我们第二天能够穿上干净的衣服自己经常忙碌到深更半夜。

一件看似普普通通的衣服，却饱含着伟大到极点的母爱。洗一件衣服，大致需要十几二十分钟，但妈妈却将它复杂化，因为她洗得是那样的细致，边边角角，一处不漏。看着现在穿在身上的这件衣服，只见原本深深的墨痕已被淡化了，乱七八糟的皱褶也已经被抚平了。但是，我耳边似乎隐约听到了晚上妈妈那若有若无的劳累叹息声。

日复一日，妈妈脸颊上的眼袋在逐渐加深，柔顺的短发上也渐渐多出几丝隐藏着的白发。这都是妈妈日日夜夜为我和弟弟操劳造成的啊！

妈妈把一切都奉献给了孩子，自己却从来没有抱怨过。妈妈的爱，像暖风，无时无刻不温暖我的心灵。她给了我一种力量，让我体会到了人世间最纯真、最质朴的感情。

我真想走到妈妈身边，轻轻拉起她的手，微笑着告诉她："妈！有您的关爱，我很幸福！我爱您，妈妈！"

（指导教师：黄玉霞）

053

第三部分 一份特殊的作业

给妈妈的一封信

李月

妈妈：

您好！今天给您写这封信，是想批评您一下，让您改正错误。

一、您太小气了。总是不给自己买点儿衣服、头花、小吃什么的，就算买，也只是给我和爸爸买，自己从没得到些什么，只有在过年时，才买件上衣或是一条新裤子。并且您总是以这个太甜那个太酸为借口，把买来的零食留给我，自己却不肯吃。妈妈，您看到婶婶穿着洋气的衣服，就不眼红吗？所以，希望您以后多为自己想一下，对自己大方些。

二、您太自私。从不让我干些稍重的活儿。比如，帮爸爸将装着酒瓶的酒箱从车上搬下来，这个活儿我完全能干了，酒箱并不重，可您总是说我小干不了，怕酒箱抱不住砸到我的脚。每当我抗议时，您就跟我翻脸："你是个学生，应该去学习，干这个干吗？长大了还想干这行受苦？"我有些想流泪，因为小女生遇事都爱流泪。我尽量帮您干些家务，可您总是横挡竖挡。我发现您长出了许多皱纹，一层层，像水的波纹。可您一直笑着，从不叫苦。把活儿交给我点儿，不是更好吗？妈妈，就让我当一回大人吧！

……

妈妈，您的缺点实在太多了，让我说不尽道不完，可不知为什么，一想到这会有一股暖流涌上我的心头。

妈妈，母亲节到了，祝您节日快乐，并且改掉身上的缺点，至少要在母亲节这天改掉，让您轻松过个节！

祝

身体健康！

爱您的女儿：李月

5月10日

（指导教师：陈凤荣）

我的魅力老师

郭珂君

花儿的芬芳离不开园丁的辛勤劳动，小草的翠绿离不开春雨的无私奉献，学生的茁壮成长离不开老师的精心教育。我们的班主任严老师，她就像一台永不生锈的播种机，不断在孩子们的心田里播下理想和文学的种子。她是一位令我难以忘怀的好老师！

严老师剪着一头清爽的短发，一双炯炯有神的大眼睛镶嵌在富有光泽的脸上。挺直的鼻子下面，一张樱桃小嘴不仅教懂了我们不少的学习知识，还教会了我们不少的人生哲理。

严老师的课灵活多变，非常有趣，我们在课堂上积极发言，思维活跃。所以上她的课，紧张中带着轻松，轻松中带着趣味，趣味中带着开心……一节课就这么不知不觉上完了。

严老师和蔼可亲，宽以待人。一天，下着雨，我们班的调皮生——严欢，坐车来学校的途中，遇上了堵车，为了赶时间，严欢便下了车，冒着雨雪走到学校。到教室门口时，我们已经上了半节课了。当时，同学们都以为老师会狠狠地批评他，可令我们没想到的是，老师见严欢全身都被淋湿了，用疼爱的目光望着他，上前把情况询问清楚后，一边提醒他以后记得下雨天要带伞，一边在柜子里找了找，拿出她的新袖套，说："严欢，我昨天把毛巾带回家里了，这里我有双袖套，还挺新的，你先擦干头发吧。"说罢，便把袖套递给严欢。他接过袖套，眼里充满了感激。"哇！"全班惊呼，都十分羡慕严欢。严老师对我们也非常关心。如上课要我们注意坐姿，防止近视；变天了要我们注意及时添加衣服；对于成绩不好的同学，安排成绩优秀的同学进行辅导；自己也在百忙之中抽出时间进行指导等。

严老师，很感谢你一直以来对我们的指点和关怀。你就像我们身边的一盏启蒙灯，照亮了我们前进的道路，指明了我们前进的方向！我们一定不会辜负老师你对我们的爱，我们会永远记在心里！

055

第三部分 一份特殊的作业

（指导教师：严军）

爱的谎言

江妙妙

静谧的夜晚，安静的小屋里，只有我一个人，心被感动填得满满的。我抱着爸爸送的礼物——四只泰迪熊，又想爸爸了。

两个月前，爸爸在单位组织的健康检查中被查出患有心脏病。后来到胸科医院检查，结果医生说是爸爸心脏周围的血管大面积堵塞。需要做"搭桥"手术。

现在手术已经做完了，并且做得很成功。

再过几天就是"六一"儿童节了，以前的"六一"儿童节，早上起床后我会收到两份不同的礼物，今年，是指定泡汤了！

"六一"儿童节前夕，妈妈回家给我做饭，临走前妈妈从包包里抽出100元钱给我："妙妙，今年的'六一'因为爸爸需要人照顾，所以妈妈和爸爸不能陪你过了。这钱你拿着想要什么自己买吧！"说罢，端着给爸爸煲的乌鸡汤去医院了。此时我的心盘算着：我今年想得到的礼物是一把电吉他，可是一把好的电吉他大概需要1000元左右，上次去琴行看的那把是1298元，妈妈只给了我100元，充其量买点文具。唉！

转天，妈妈给了我一个包装十分精美的大盒子："妙妙，这是爸爸送你的'六一'礼物。"

"我爸不是在医院吗？"

"嗯，是爸爸要妈妈买给你的。"妈妈回答了我的疑惑，"你爸爸心里只有你，病成这样还惦记着你呢！"

爸爸！一想到老爸，我的心底就会漾起一股暖流和思念。夏天，火热的太阳晒在身上，辣辣的，爸爸带我去游泳；冬天，雪花漫天飞舞，爸爸带我去打雪仗，还会把他厚厚的皮手套套在我手上……爸爸，我因为最近忙于复习功课多久没去看他了。对！"六一"那天我一定要去看他！

"六一"儿童节的早上，我早早起了床，来到医院。

我推开爸爸病房的门，看到爸爸脸色苍白的样子真想哭。妈妈和爸爸都睡着了。妈妈趴在病床边上，头上的丝丝银发让他看起来十分疲倦，显得又老了几岁。

我拿了一件衣服盖在妈妈的身上，没想到，我惊醒了她。

"你怎么来了？"妈妈问我，"不是说让你好好休息一下吗？"

"嗯，我——是太想爸爸了！"

"你坐一会，我去打点儿水，别把你爸惊醒，啊！"

过了一会儿，爸爸醒了："妙妙，你怎么来了？"

"爸爸！我好想你。"说着，我过去亲了他一下。

"最近学习怎么样？"

"噢，还好！"唉，又问这个问题。"对了，爸，你什么时候才能出院啊？"

"一个月后。"

"唉，好久。"我自言自语，"爸爸，我还要谢谢你呢！送我的礼物我很喜欢。"

"哎，你要是不提我都忘了！去把那个拉锁衣柜打开！"爸爸说着，吃力地用手指了指旁边的小衣柜。

我跑了过去，拉开了拉锁，看见里边是我梦寐以求的那把电吉他。我小心翼翼地将它拿了出来："爸爸，您怎么知道我喜欢这把吉他的？"

"上次陪你去琴行，你目不转睛地盯着那把琴，我都记得你还问了价钱呢！对不对？"

"哦？那么泰迪熊呢？"我刚刚想起！

"我不知道呀！"爸爸丈二和尚摸不着头脑，而我更是十分疑惑。

"难道……"我的脑子里浮现出了电视剧的一幕幕，难道事情戏剧化了？难道礼物是妈妈以爸爸名义送的？

我收拾好琴，和爸爸在房间里呆坐着。

不久后，妈妈打水回来了，我问妈妈："妈妈，那几只泰迪熊……"

妈妈好像是明白了我的意思，只是点了点头。我强忍住了眼泪，与爸妈说了再见，背着电吉他跑出了医院……

　　回到家后，我放声哭了出来，并不是因为伤心，而是太高兴了！今年的"六一"儿童节不同于往年；今年的"六一"儿童节，我深深地感受到了父母那深情的爱；今年的"六一"儿童节，虽然没有人帮我庆祝，但是，有了这两份礼物，我就满足了！

　　我抱起了那只泰迪熊，体会着深深的母爱；放下泰迪熊，背起吉他，抚摸着琴弦，感受着父亲那比一切都沉重的爱……

　　爸爸，妈妈，你们把毕生的爱献给了孩子，这是我们永远不会用完的财富，而这是向你们"借"来的！让我们每一个为人子女的人深深地记住：世界上一切债务都可以还清，唯独不能还清的只有我们欠父母的情！

（指导教师：洪宪升）

一 把 伞

邢佳宁

那是一个阴冷的冬天，雨飘飘洒洒地下着。放学后，我撑着雨伞走出校门，见路边站着许多人围观着看什么东西，我出于好奇凑了进去。我看见人行道上一位妇女靠在墙上，怀里抱着一个小宝宝，这位妇女用身子为自己的孩子挡雨。一阵阵寒风吹来，让这位妇女直打哆嗦，还一直打喷嚏。我觉得这位妇女实在是太可怜了，特别是小宝宝这么小……看到这种画面，让人流泪。我好想帮她一把，可是我身上一分钱也没有。我不知所措地陷入了沉思，两种念头不停地在我脑海中打着转。第一个念头是：你要帮帮这位可怜的妇女和那可爱的小宝宝，你总不能看她们饿死街头吧！你不帮你一辈子都会感到惭愧的……第二个念头是：你又没有钱你怎么帮呢？等一会儿一定有好心人来帮助她们的，你没必要大费周折地帮助一个陌生人，你还是回家吧……

059

我于心不安地走在路上想，如果让同学知道我是一个没有爱心的人，我一定会无地自容的。我停下脚步，犹豫了一下，心想：我怎么帮助她们呢？我灵机一动——虽然我没有钱，但是我可以把雨伞送给那位妇女和小宝宝给她们遮雨呀！想到这儿，我就健步如飞地跑到了妇女那里，气喘吁吁地对她说："阿姨，我没有钱帮助您，可是我有雨伞，雨伞可以为您挡雨。这样您和小宝宝就可以不被大雨淋湿了。"这时那位阿姨问我："谢谢你小朋友，可是你的雨伞给了我，那你怎么办呀？"我回答说："没关系，我跑步可快了！而且我家很近的。"我马上像离弦的箭冲了出去。

我没觉得雨打湿了我的全身，只觉得我周围阳光灿烂……

（指导教师：詹呈玲）

第三部分　一份特殊的作业

思念母亲

付斯佳

> 青青河边草，
> 绵绵思远道——
> 远道不可思
> 夙昔梦见之……

细看，凝想，只有一丝温暖。手捧《繁星·春水》，反复细读里面的诗句，我竟忘却窗外沙沙的小雨，眼中泪珠的晶白。

是母亲让我更加自信，生活因而更精彩；是母亲让我不断地尝试新事物，播撒着爱心。她的笑容，引导了我的前途；她的怒视，指示了我的归路。母爱是多么的博大无边，伟大无穷。

在母亲的日记中，有这样一段话：

> 我之所以能支撑到今天，是家庭的温暖给了我力量，妈妈好比是
> 我的双手，为这个家支撑着；丈夫好比我的双腿，是他的爱心让我站
> 了起来；女儿就好比是我的眼睛，她让我看到了希望，看到了未来。

她，走了，不带走一片云彩；她，走了，彗星般的走了；她，走了，落花般的走了。我凄然地哭了……

> 梦中的你
> 轻轻地走来
> 带着微笑
> 抚弄着我的发丝
>
> 梦中的你
> 那么的清晰

低声细语
诉说着你的牵挂

梦中的你
安详且快乐
围绕着我
散发着你的光辉

梦里——梦里，一切在梦里，梦里抛开了忧愁，看到了另一个自己，梦醒之后，给与我的只是无尽的回味和思念，"妈妈"这两个字又离我那么遥远。

有时候，失去才懂得珍惜。小时侯，我不懂怎样去爱母亲，长大了，懂事了，母亲却离开我了。我不知所措，为什么我不能像别的孩子一样，能永远生活在母爱中？

失去才懂得珍惜。母亲就像粉色的小花，那么温柔，那么甜蜜。我就像一只小蜜蜂，刚开始把这朵粉色的小花留下，先采别的花，当我再来采蜜时，这朵花却已枯萎了。

失去才懂得珍惜。母亲就像大海，胸襟广阔。我就像一条无知的小鱼，刚开始生活在小溪中，当我明白大海才是我的家时，已来不及了，因为大海离我太远了。

每每想起妈妈，我的泪水就像断了线的珠子，源源不断地流，对母亲无尽的思念之情油然而生。

妈妈离开我已经三年了，她走的时候是那么的匆忙，不给我一点心理准备，甚至来不及挥一挥手说一句话。妈妈走了，默默地离开了我们，从此我再也找不到温暖的母爱港湾。

我们的家永远都是那样温馨。在妈妈的精心呵护下，我时时刻刻都感受着妈妈的慈爱与关怀。

妈妈匆匆地走了，走得那么急，那么令我们心碎。我亲爱的妈妈，若在天有灵，此时此刻，您听见了我轻声的呼唤了吗？

人已去，物尤故。捧着妈妈昔日的照片，望着那灿烂的微笑，对妈妈的怀念愈加强烈。2008年8月1日，一个让我刻骨铭心的日子！我亲爱的妈妈永远离开了我们。从此，"妈妈"这两个字，时时模糊着我的双眼，永远……

（指导教师：高彩玲）

第三部分 一份特殊的作业

外婆桥

高兵霖

我就站在路口，看着她，我最挚爱的外婆，渐渐消失在路的转角。那佝偻的背、斑白的发，因胃下垂而与瘦弱的身体形成鲜明对比的鼓胀的腹部，那干枯如树枝般的一双手从我浸满泪水的双眼里一点点退去。

就是这双手不停重复一个动作——从眼角揩去眼泪。我知道她哭了，第一次看到外婆哭，在将我送入全新的生活后。

也是这双手，曾经让我如此惊叹。当我还是个孩子时，我看着这双手忙着缝制外孙女、孙子的毛衣、棉裤，看着一个个精美的小垫子在她手中完成，看着所有的针线难题在她手中迎刃而解。还是她的手，从一个人忙碌的灶台上端出一道道美味的菜，热气腾腾的烙饼，清爽的绿豆粥，香甜的水果汤……因为她，我的舌头和胃被娇惯坏了，再也脱离不了她的温汤暖肴。她用玉米的外皮编出精致的小鸟巢；在大搪瓷盆里经营着她的小农场；把晒干的香草放在我的枕边，让淡淡的清香伴我入梦……

长大了，悄无声息地就长大了，以为是我脱离她的怀抱的时候了，却从未意识到我可能一生都无法离开她。一个人的生活，却处处都有她。身上穿的那暖暖土土的花棉布坎肩，有她双手的褶皱；床上铺的厚厚的褥子，细细地编进了她的思念和疼爱；难以适应的饭菜让我加倍怀念她的手艺。还有，还有挎着她瘦小胳臂走路时的安全感；还有她温和话语的抚慰；还有她知足的笑容和她佝偻的背。

我曾经万分不能理解那些只知为别人奉献自己一生的女人，我始终觉得没有什么值得一个女人为之如此奉献自己。直到现在我才真正理解，也真正敬佩。她，我的外婆，集中了中国古典女子的一切美德。她们从不需要别人的赞美，或许这正是女人比男人伟大的真正原因，她们什么都懂，却甘心把世界留给什么都不懂的我们。

真想告诉她我爱她，真想依偎在她怀里，静静地唱："摇啊摇，摇到外婆桥，外婆夸我好宝宝……"

（指导教师：张志刚）

第三部分　一份特殊的作业

爱心飞扬

赵小青

去年，我偶然看见妈妈的相机里有这样一张照片：一个衣衫褴褛的小女孩睁着一双大眼睛在聚精会神地听课。那双大眼睛像闪亮的珍珠，镶嵌在光明与黑暗之间，诉说着渴望和期待：我要读书。

正在给芭比娃娃买时装的我被深深地震动了，心里酸酸的。于是，我也参加了妈妈的少先队工作"同爱行动—帮一"活动，和一个小女孩结成了对子，十岁的她是一个被亲生父母遗弃的孩子，养父母已经六十多岁了，而不幸的是年迈的养母还常年有病。全家唯一的收入来源就是养父在外地捡垃圾换钱。他们吃的都是自己种的菜，穿的衣服都是别人送的旧衣服，暂时借住在邻居用泥砖盖的矮小屋子里。那不足十平方米的小房子，破烂不堪，摇摇欲坠。特别是冬天，凛冽的北风呼呼地吹着，时不时会感到小屋发出一阵阵绝望的摇晃……

在妈妈的帮助下，我寄出了书包、文具、书籍和学费。

不久，一个发黄的信封捎来了远方的声音。大山远处的希冀，化作一只纸信鸽，飞进我的信箱里。

那是一张日历纸。这个心灵手巧的女孩，把这简陋的"信纸"，折叠成一只展翅的纸鸽。这张日历纸的背面，她用铅笔工工整整地写着："好心的小妹妹，你好。今天，我特别高兴，特别激动，我又可以上学了。感谢阿姨和小妹妹的学费和书包。以后，我一定努力学习，星期天不休息也要读书。"

多么纯朴的语言！

是啊，当城里的我们怀揣大把零花钱时，这位小女孩甚至把家里人的头发攒起来拿去卖；当我们这些小皇帝早晨赖着不愿起床时，大山里的孩子已经走着十几里的山路去上学了；当我们这些小公主排着队买麦当劳的史努比时，"失学"两个字，就像毛毛虫一样啃噬着大山里孩子们的心，而每个孩子一学期的学杂费才十五元。

今年春天，又有一只精巧的纸信鸽穿过山岭，翩然落在我的书桌上。信上她高兴地说："亲爱的小妹妹，你好。今天是星期一，我们在新建的校舍前举行了升旗仪式。迎着初升的太阳，我们向国旗敬礼。学校添了新桌椅，来了新老师，许多和我一样大的孩子都上学了。老师眼含热泪，无限感激地说：'天大地大，不如党的恩情大；千好万好，不如社会主义好！'当我背上书包上学的时候，心里充满的是党的阳光雨露！"

我们一直在通信，一只又一只的信鸽，不断地来往于山区与城市。山里通公路了。谈及将来的打算，她说她争取能考上师范大学，以后回到家乡当一名老师。

（指导教师：洪黛英）

感　动

巩立巍

　　爱，如一条绵延的小溪，流淌过我们人生的长河。曾经感动我的那一份爱，直到现在，依然在我心中温存。

　　又是酷热的暑假，又一次独自回老家，又一次来到火车站，登上那唯一一班开往吉林的火车。列车员那一张张熟悉的面孔，那一口熟悉的乡音，使我在车上就已经感受到了家乡的气息。基本上每年都是这样，爸妈帮我买好火车票，送我到车站，帮我放好行李后，便隔着车窗，一直等待着火车消失在视野中，才渐渐恋恋不舍地离去。这次也是一样，不过与往年不同的是，因为今年买票时的疏忽，三天的车程中，有一天是我的生日。或许爸妈工作繁忙，或许因为别的什么原因，他们忘记了我的生日。列车是第一天晚上十点发车，第三天早上六点半到达吉林站，其中有整整一天的时光，也正是那天……是我的生日。第二天，睁眼已是十点半，车里的很多乘客都已经吃过早饭，各干各的事。洗漱完毕，吃过午饭，便开始了这一天对我来说很漫长的旅程。躺在卧铺上，耳边听着优雅的音乐，手捧一本鲁迅散文集，似懂非懂地看着——也只好以此来打发时间。偶尔转过头，窗外掠过一望无垠的田野。面对着窗外的景物发呆，心中却多了一丝失落：爸妈怎么会忘了我的生日？或许是因为他们太忙了的缘故吧。想到这里，目光不禁暗淡了。思绪再次拉回到鲁迅先生的《从百草园到三味书屋》，就这样……一看便是三个小时……眼睛也渐渐感到了疲劳……只觉得眼皮越来越沉越来越沉……

　　醒来已是下午五点，发现每个人手中都拿着一封类似请柬的信封，可为什么我没有？强烈的好奇心让我询问了上铺的阿姨："阿姨，您手里拿的那个信封，能给我看看吗？"阿姨笑着说："不行啊小弟弟，这个，要保密的。或许到了晚上的时候你就知道了。"阿姨的话，让我心中又好奇，又期待，只好等到天黑了……

随着天色渐渐暗淡，我竟开始不由自主地紧张起来，或许因为信封没有给到我？或许是因为太希望知道晚上究竟要干吗？也许是……就在我面对着窗外的一片漆黑发呆时，车厢里的灯全部都熄灭了，黑暗中，只能看到有的乘客的手机啊，PSP之类的荧光屏仍然亮着。"怎么了?火车也停电的?恐怖分子？跟电视上看到的镜头有异曲同工之处。"但是，很多乘客的欢呼和尖叫都冲淡了我的不安。随着车厢另一头欢呼声渐渐增大，我的目光也被吸引了过去，列车长推着一辆卖货的小货车，但是上面放的却是一个大大的生日蛋糕，蛋糕上，亮着数字"12"的蜡烛在黑暗中凸显出来，"这……会是……给我的吗？……"与此同时，列车的广播中想起了列车员甜甜的声音："今天在我们13车的车厢里，有一位小朋友将在我们列车上度过他12岁生日，让我们一起祝13车6号铺下铺的巩立巍小朋友生日快乐。""祝你生日快乐，祝你生日快乐……"随着这首歌曲的想起，列车长把车子推到了我的面前，面对着我的一脸疑惑，列车长说："你爸爸在临下车前特地嘱咐我，说今天是你的生日，你爸爸和妈妈不能给你过了，委托我们替他们帮你过你的12岁生日，许个愿吧。"

心中的感动与感激难以溢于言表，泪水不知何时已噙满双眼，但嘴角依然挂着浅浅的微笑，心中默念着：爸妈，谢谢，我知道你们不会忘记我的生日的，真的，这次别出心裁的生日，肯定会珍藏在我的心中，一辈子……这个愿望，我要为你们许下……

067

（指导教师：安修霖）

第三部分 一份特殊的作业

下辈子还做您的外孙女

杨筱梅

山，刚直巍峨；山，哺育万物。

外公是一座山，站着，是峰；躺着，是岭。踩着外公宽宽的背，我爬啊，长啊。

外公是山，我是树，山哺育了树。

在我儿时的记忆中，最喜欢到外公家去，只是因为在外公家可以尽情地看动画片；可以抱着一大包薯片睡觉；还可以去采一大袋指甲花，让外婆给我捣烂，用叶子包着捆在指甲盖上。

外公是很凶的，在他摔断腿后，脾气就更加暴躁。跟外婆在一起，说不了几句就要把外婆骂一顿，妈妈来的时候，经常听见他们待的屋子里传出几声争吵的声音。可是他对我从来没有发过一次火，而且，几乎是有求必应。

068

去年搬家整理东西时，从电视柜里翻出了好多各种各样的光碟，其中有一摞整整齐齐的彩色光碟盒，打开一看，每个光碟盒里都有一片光碟，上面还贴了字。最上面的一片贴的是"第一集""西"，我疑惑地打开DVD机，放入光碟，屏幕上立刻出现了西游记片段。原来是我小时候外公专门在电视台播出《西游记》时给我刻录下来的。他等了那么多广告，看准了放映的时间，只是因为我说了一句："要是能连着看该多好呀。"

我喜欢喝外公烧的小白菜汤，外公就天天烧。后来他听说有小白菜打了农药，就不再给我烧小白菜汤了，我以为外公懒得给我烧了，一气之下，就回家去了。后来听外婆说我走后外公去了一趟超市，回来以后，只要没事，外公就守着一个白色的小花盆，他的腿也就是在那时摔坏的。到了秋天，外公神秘地叫我去了他那儿，变戏法般打开了窗户，只见一个长满绿意盎然的小白菜的盆。我的泪就"哗"地下来了，外公可慌了，他手忙脚乱地给我抹掉泪，说："要不是被麻雀吃了一半，你早就可以吃了。"我刚止住的泪又顺着两颊流了下来，滴在那一盆浸着外公汗水的白菜里。

外公很爱我，爱得粗犷，爱得实在，就像大山哺育小树：一边把自己的生命化作涓涓爱流输送给成长中的小树，一边盼望着小树越长越壮实，越长越挺拔。

外公是山我是树。树，永远爱着山。我，永远爱着外公。我们是相亲相爱的一家人。

外公，我要悄悄告诉您："下辈子，我还要做您的外孙女。咱们拉钩。"

（指导教师：方山明）

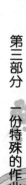

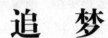

追　梦

佟晓叶

　　"孩子，你爸爸是真心悔改，咱们原谅他吧。"妈妈在我身旁小声地说道，近乎呢喃自语。

　　我怔怔地瞅着妈妈，这个朴实的妇女也手足无措地望着我。我的回应是强烈的，我像发了狂的狮子般怒吼道："我死了也不会认他，从他丢下我们的那天起，我就没有爸爸！"我喊着跑进了自己的房间，狠狠地关上了门。

　　泪水浸湿了枕巾，恍惚中，我进入一片茂密的森林，遮天蔽日，分不清昼夜，一片昏暗。我磕磕碰碰地摸索前进。老虎的吼声，猿猴的啼叫，百响不绝。我吓得哭喊起来，而大声喊出的却是"爸爸"。突然，一个男人出现了。我看不清他的面貌，我问他，他也不答，他上来抓住我的手，那样紧。我跟着他走，我相信，他会把我带到一个安全的地方——家。

　　又一次天旋地转，那个男人突然消失了，留我一人在一望无垠的沼泽，我哭着、喊着……

　　"啊！"我惊醒了。原来是一个梦。擦擦脸上的冷汗和泪水，我走到客厅。那张熟悉而又陌生的男人的脸，让我放松的面容又紧绷起来。我无视他讨好的笑脸，转身就往回走。

　　"叶子。"妈妈叫住我，"叫爸爸。"

　　"不！我不！"我歇斯底里地喊。

　　"他是你爸爸！"妈妈也嘶哑了嗓子。

　　"那是过去。"我冷冷地丢下这句话，便头也不回地进了屋。

　　不知为什么，我心情不好的时候就特别爱睡觉。这次又是一个离奇的梦。我蹲在无边无垠的沼泽旁抹眼泪。那个男人又来了，这次我紧紧地抓住了他的手。我似乎永远只拥有他的一个背影。这个背影带我翻山越岭，终于，家在眼前了。红色的屋顶，雪白的墙壁，还有翠绿的桑树。门口，小小的我在玩耍着，抬起头看见那个男人，瞬间便已扑到那男人怀里，喃喃地叫着"爸爸"……

我感觉到门开了，一双温暖的手握住了我的手。我知道，是那个男人，那个男人是爸爸。微微睁开眼躺着，眼前一片光亮。

（指导教师：侯冬莎）

第三部分　一份特殊的作业

孩子的期盼

李莉贞

> 我眼中的孩子：一个孩子、一张签条、一注批语……仅此而已。
>
> ——题记

我是个孩子，有自己的梦想——神秘城堡里的公主，英俊的王子骑着白马，还有永不凋谢的玫瑰，以及阳光般的笑容，水晶般纯洁的心灵。我们都是一群乖巧无比的孩子，大人们说，我们纯洁得如同初涉凡间的天使。可我渐渐觉得，我们不再只是"单纯"的孩子。我们如同一架人体模特，被装载着运往不同的橱窗，穿上复古的奢华套装，陈列在透明落地的橱窗前，贴上一个个标签，标签上有一句标语。标语有两种，一种是"好孩子"，一种是"坏孩子"。我不知道标语是谁写的，应该是大人们吧！我只知道，标语常常会变，而我们则配合着标语表演……

透过橱窗，我看见我的兄弟姐妹，他们同我一样被陈列着。

我们不知道大人们为什么要把我们放在这里，为什么要给我们贴上标签，还不时更换，不知道这不停交替扮演的"好孩子"和"坏孩子"究竟是什么。

恍惚间听大人们说："你已不再是孩子。"可为什么还要把我们放在这里？呵呵，又换标签了。

其实，我们一直是孩子，没有被生活腐蚀的孩子。知道遗忘的天空应该用蓝色渲染，拥抱的草地用绿色涂抹，苍茫的山坡用黄色点缀。我们还是孩子，只是已习惯了孤单寂寞，不想让喧闹的世界碰到我们的寂寞，不想让浮华的虚伪污染我们纯净的心灵，虽然我们已不如自己想象的那么安宁，可我们愿意去相信，愿意去努力。

其实，我们只是孩子。我们会因找到去年藏在口袋里的二十块钱，就向所有人吹嘘天降横财；我们希望生活就是甜的巧克力和永远看不完的漫画书；我们渴盼和真诚的朋友永远在一起……如此而已，并非那标签所标注的角色。

只是日子仍在晦暗的阴天掠过，标签仍不停更换，我们仍没有勇气撞破面前的橱窗。面对这个可笑却又现实的世界，我不得不说，我也只是个个性张扬的孩子。

（指导教师：宋原媛）

写在岁末

唐秋梅

雪候鸟

春天，我提前祝福自己：冬天快乐。

喜欢雪花融在手掌中凉丝丝的感觉，于是便有了一季一季对冬天的期待，一如那只离开迁徙队伍的雪候鸟对雪的追寻。寒冷，风雪，骇人的字眼，却让我兴奋。

冬天来了，是一个罕见的暖冬，精心准备的冬装显得多余。长大了，越来越珍惜看雪的机会。记忆中，总有纷纷扬扬的大雪掠过窗外昏黄的路灯，然后在早晨怀着朝圣般的虔诚，双脚踏过积雪覆盖的小桥，听着脚下"咯吱咯吱"的声音……

冬天，总有浓雾笼罩一切，让我没有了严寒带来的快感，整个人也慵懒起来。六点二十上早读，总是让闹钟响了一次又一次。课还是要上，叹息一声，终于将自己湮没在浓重的雾气里。

雪候鸟不知道，它追寻的雪对它意味着什么，可我知道。

小城岁月

这是一座普通的小城。不太拥挤的街道，低低矮矮的建筑，还有为生活而奔忙的芸芸众生。中国其他小城有的特点，它都有。它的独特之处在于一座八百年的宝塔和城外流淌着的河流，让小城多了份厚重和灵气。

小城很小，但小小的我之于小城，更显得小。也许正因如此，我才可以隐身于此，有快乐，有痛苦，就这样度过我的青春岁月。

在小城的时候大家可以轻易聚起来疯玩。还有附小的小吃，体委的喷泉，新华书店里淡淡的墨香……一切都让人留恋。

我的追求

总被人追着跑，不敢回头，怕被后面的千军万马湮没，而前面，是不得不面对的考试。

做不完的题目，记不尽的单词，这便是学校生活。蝴蝶的美丽源于它破茧而出的痛苦，成功的喜悦沉淀着艰辛的付出，所以，我选择忍耐，并坚信：道路是曲折的，前途是光明的。

一直向往武大，因为樱花。四月的雨吻湿大地，风吹过，花瓣飘过少女的发，少女的长裙。看过《四月物语》里的镜头，从此，我喜欢上了樱花。

昨晚做了一个梦，梦中春意阑珊，樱花漫舞……

一年又一年

耳边还回荡着年初朋友的祝福，转眼便到2007年的岁末。当自己的人生度过四分之一的时候，开始觉得日子过得很快。

很想待在一个静谧的角落，一把藤椅，一卷古书，一盏苦茗，坐看云卷云舒，世事变幻；笑对红颜白发，剑胆成灰。时间苍老了岁月，梦里不再有铁马冰河。淅淅沥沥的夏雨浸湿了记忆，心的平原一片坦然。

生活在世外，是隐者的追求。俗世的我，面对前面的路，回首过往，感叹一年又一年。

（指导教师：尹笑妍）

第三部分 一份特殊的作业

我好后悔

胡峤峰

我好后悔，因为我可能真的伤了妈妈的心。我好后悔，恨自己写的那篇纯属胡诌的作文。

昨天我放学回家，看见家里很忙，便想帮助爸妈干一点家务活。于是就拿起父母换下的衣服去洗。当我洗到妈妈的裤子时，发现裤兜里有些东西，我便顺手掏了出来，原来是折叠起来的一张纸。展开那张纸，只见上面写着："中国人重男轻女思想严重，许多家庭都是这样，只喜欢儿子，不喜欢女儿。我就生活在这样的家庭里。我恨我的妈妈，恨她的重男轻女的思想，恨……"

呀，这不是我生编硬凑的那篇作文吗？上周的作文课上老师让我们写一篇家庭生活的作文。我苦思冥想半天，就是无话可写，便编造了这篇重男轻女的故事。可是，这篇作文怎么会到了妈妈手里呢？妈妈看了后又会怎么想？妈妈一定会以为我写的就是她。

"孙皓，吃苹果。"妈妈在屋外喊我。我心里很不安地走了出来，只见桌子上堆着许多苹果。"拿这个大的苹果，一定好吃。"妈妈拿起一个削好的苹果递给我。看着妈妈那慈祥的样子，我很内疚。

今天清晨，我就要上学了。我本不想惊动爸妈，可起来后，发现妈妈很早就起来为我做好了早饭。我吃早饭时，妈妈帮我收拾好东西，说："这么早去上学，让你爸爸用摩托车送你吧。""不用了，我自己去就行。"我低声地说。"反正你爸早上也没有什么事情。"妈妈又说。我没有做声。"孙皓，这两天变天，穿这件厚衣服吧。"妈妈充满关切的眼神看着我，接着又问："零花钱够用吗？""老师要我们订一本杂志，要16块。"我说。妈妈递给我20元钱，并说了几句叮咛的话。我接过钱，只觉得鼻子里酸酸的。

我在作文里把妈妈写成了重男轻女的"典型人物"，但妈妈却一点儿也不介意。她依然深爱着我，我真不该这样伤妈妈的心。

（指导教师：田启华）

我有一个梦想

林彬彬

从小，我就有个梦想：当一名书法家。

那是小学一年级时，一次，当我看到别人用毛笔在纸上潇洒地写出漂亮的墨字时，我便想，自己将来也要当一名书法家，让手中的笔也能诠释我"心之所思，梦之所想"。

为了实现我的梦想，一回家，我便嚷着让爸爸帮我买笔墨纸砚，要写毛笔字。没有人教，我就自己学着写。爸爸见我喜欢，便帮我请了老师。从此，我就正式学起了书法，那时是小学二年级。

由于当时正是打基础的时候，所以大部分时间还是要用来学习文化知识，我只能利用课余时间和假期来学习书法。

看到我练字，有些同学便笑我傻。有的说，都什么年代了还学毛笔字，现在都电脑打字了，电脑上什么字都有，练字纯粹是浪费时间；有的说，练字多没劲啊，墨汁又黑又臭，还一下子写不好，还是打游戏痛快，有写字那时间，游戏都通关了。我听了只是报以淡淡的一笑，继续一笔一画地练习。

我没有被他们的嘲讽所击垮，也没有被他们的喜好所诱惑。我有我的梦想，他们的话反而坚定了我对书法的爱好，让我更加努力了。

坚定执着的信念，日积月累的努力，让我得到了回报：初一时，我的书法作品获得了全校书法比赛一等奖。

当别人投来羡慕的目光时，我还是报以淡淡的一笑。因为我知道，自己离梦想还很远，荣誉只是对我执着的鼓励。于是，我练习书法更加努力了。不管学习任务有多重，不管时间有多紧张，我每天都要挤出一个小时的时间来练字。

我知道，通往梦想的道路是漫长而坎坷的，我们在途中会遇到各种各样的情况。我能做到的就是：遇到荣誉，我不骄傲；碰到挫折，我不悲观。我要用我的努力、我的拼搏，去创造我的价值、实现我的梦想。我要用自己的脚，一步一步丈量自己与梦想的距离，用执着来成就自己的梦想。因为我深信：执着就是力量，坚持就是胜利。

（指导教师：阴杰鹏）

第四部分

爱上一片乐土

　　远处，小小的村落像一幅水墨画，朴素的白灰墙壁和整齐的瓦房顶，还有遥远的狗吠，隐隐约约……

——李玥《美丽的田野》

爱上一片乐土

丁宇宇

爱有一种非常深奥的含义，并不是单单指亲情的爱以及人与人之间的爱，的确，那是最常见的爱。爱的范围之广，是正常人根本没有能力与资本去想象的，其中包括：对祖国的热爱，对某一件物品的喜爱或者是对某一座城市、一个地点的喜爱。那些含义，有些我们对它们有感觉，像盛夏里的骄阳一样强烈与火热，又像刚接受过春雨滋润的种子那样迫不及待。只是，到了让我们去表达那种感受时，用语言无法描述。爱是亲情、友情、感恩、欢喜、激动所激烈碰撞产生出的结晶，是这个世界上少有的比金刚石还要坚固数千倍的事物。当然，这不过是一些小小的微不足道的认识罢了。

记不清具体是什么时候了，我只记得我很幸运地去了一趟温哥华。那时，我的心中没有激情，没有喜悦，没有悲伤，也没有苦闷，只能说是平淡得出奇。可是就当我站在那片广阔的土地上的时候，一个小小的想法从我脑中与心中一闪而过：我爱上了这个地方。可是，我对此有很多的疑问，我不确定这个选择是否正确。突然，一阵风吹了过来，那是一阵清凉的海风，伴随着的，还有成群的海鸥。那一阵风抚过了每一个人的外表，在抚过我的外表之后，有一小股，进了我的心灵。那海鸥的叫声一直回荡在耳畔，风里掺杂着的四季花的清香，不多，但只需一点就足以让我沉浸在其中、遍布我的全身。这一瞬间，那个只是一闪而过的想法又出现了，不过，这一次它永久地停在了我的心里：我爱上了这里。

温哥华这里的风景最先吸引了我。空气格外清新，没有大都市工厂的烟味，甚至让人以为那只是一个小县城，可事实上，那是加拿大第三大都市。成群的海鸥以及乌鸦或者是别的种类的鸟，时不时从城市的上空飞过，我每一次看到，都充满了愉悦与惊奇，那是温哥华没有遭受污染的最有力的证明。那里的海与我们这里的不一样，我们的海是水晶蓝，那里的是宝石蓝，是一种很深的蓝，那种美，是一种深沉的美。其次是人文气息，我们坐在出租车上准备参加活动时，出租车司机见我们是外国人，友好地说了一声"welcome to Canada"。当我们坐在车上去加油的时候，那里的工作人员都友好地向我们问候。上下班高峰时间，公交车站总是井然有序，每一个人都不争不抢。周六周日时，在冰激凌店里也能看见一条长长的队伍，没有人向前挤，也没有人随便乱插队。在高轨上时，有一个座位总是会让给老人和儿童坐。在电影院里，没有一个人大声讲话或使手机发出声音。这是那里的人民全凭自觉做出来的事，没有任何一个人提醒，这一点让我非常感动。再有是公共设施和学校设施，温哥华和整个加拿大是以社区划分的，一个社区有一所学校、一个公园、一片空地、一所医院、一个超市、一个游泳池，以及一个图书馆。那里的学校除教室外都是这样配备设施：一所学校有一个校用的足球场、室外篮球场、网球场以及一个室内篮球场和一个食堂。另外，在每个楼层都有一个自动售货机。其实这些都不算什么，我喜欢的是那里的教学氛围以及教学方式：一个班级就只有十五个人，有一台电视、一台电脑、一些海报、一张世界地图。没有课程表，因为那是根据个人喜好决定的。在那里，我们可以随便讨论有关于学习的事情，只要不影响课堂以及不要做得太过分。上课喝水是允许的，运气好的话，老师会带学生听歌，看一上午的电影，学生是自由的。在那里，我不烦睡不够了，因为早上九点上课，下午四点放学，我也不烦上课了，因为每一节课都是不同、有趣的。下午的活动，让我们充分体验到了加拿大的风采，那是一种与众不同的风采，如果说中国是豪放、大方、充满热情的风采，那加拿大就是淡定、幽静、充满诗意的风采。

　　我曾经不止一次的将其与我自己祖国进行比较，最终只得出来一条结论：这两个国家是无法比较的。或许，格罗陵山不如泰山那样高大，那样雄伟，那样壮观，但是它幽静，给人一种心旷神怡的感觉。或许，"科学世界"不如中国科技馆那样宽广、丰富，但至少也让我们感受到了科学带给人类的便利。或许，加拿大的羽毛球、乒乓球水平不如我们，但加拿大的冰球也是世界有名。或许……没有那么多或许了，我只是爱这里的环境，爱这里

081

第四部分　爱上一片乐土

的人文气息，爱这里的场所，爱上了这一片乐土。

　　我很感谢世界，让我出生在了一个接近完美的国家，又让我去了一个接近完美的国家。从加拿大回来后，我似乎豁然开朗了。我爱上了所有我去过的，或者是我向往的美丽的城市、景点、国家，我懂得了随处皆爱。爱有很多种，我很难将它们辨别清楚，但最起码，我知道，爱上一片乐土，这一种爱，是完完全全不需要任何理由的。

（指导教师：耿艳丽）

北极小城纳尔维克

刘创强

去年7月，我和爸爸妈妈一起去游览了北极小城——纳尔维克。

纳尔维克是挪威的一个小城，位于北极圈内。它面积大约只有二十平方公里，三面环山，一面临海。在小城中心抬头仰望高山，我觉得那高山像个大手掌似的保护着小城，使小城显得非常宁静。山上一年四季都覆盖着皑皑白雪，即使到了夏天，山顶上的白雪也不会消失。我用望远镜一看，远处的雪山和白云交融在一起，像仙境一样迷人。

小城的边缘紧挨着大海。我到码头一看，只见蓝蓝的大海风平浪静、波光粼粼，高山的倒影随波荡漾。游船拉"犁"溅起浪花，真令人难忘。

小城的天气非常奇特。听说从12月直至来年2月，只有黑夜没有白天，小城好像被一块巨大的黑布笼罩着似的；而从6月至8月，却只有白天没有黑夜，这时太阳又好像舍不得离开似的，总挂在小城的上空。我们这次去的目的，就是为了看午夜红日，可惜夜里下雨了，没有看到。

纳尔维克很小，只有一条主要街道、一座桥。桥的铁栏板上贴满了小朋友的美术作品。主要街道两边有许多雕塑作品，其中给我印象最深的是一位海员的浮雕，他身后有一艘将要沉下去的船，旁边还有一个当时留下来的水雷。市中心有一个巨大的钢铁建筑，那是为了纪念在第二次世界大战中与德国法西斯英勇战斗牺牲了的挪威居民而建立的。城中心还有一辆第二次世界大战时法国军队的坦克，我还爬上去了呢。

妈妈在小城拍了一些照片，还买了几张明信片。你们想知道纳尔维克什么样儿吗？我可以给你们看妈妈拍的照片，还可以给你们讲很多我在这座小城的所见所闻呢！

（指导教师：王峰）

中国的一条巨龙

梁珀瑶

在我小的时候，我便常常听到别人说："在外太空往地球看，能够看见中国上面卧着一条巨龙——那就是长城。"我总是不相信，直到最近我终于有机会到北京一游，目睹著名的长城的风采。

站在长城下，我只看见数不清的石级和无数的游客。我大失所望，心想："这些简陋、古老的石级又有什么特别之处呢？"我怀着失望的心情随着人群拥上了长城。

走了没十分钟，我竟开始累了。我万万料不到，那些山坡原来是那样的崎岖，石级是那样的高。我的汗水涔涔而下，开始感到太阳的酷热逼向脸庞。我的心情变得更烦闷了，不过还是硬着头皮继续走。

又走了约二十分钟，我已筋疲力尽了，便索性坐到长城墙的一块石上，我心里在暗骂着："这长城真是累透人了，几级楼梯能取人性命！"我喘着气，向四周看看。这时我惊觉我身处的地方原来是那么美好！走了这么久，这是我第一次留意四周的景色。在我身边的，是无尽的碧绿的山坡、青翠的树木。那是一幅如诗如画的风景，远望只有一望无际的山巅和绵延不绝的长城。它原来真的是那么长，真的不知它的另一端延伸到哪里才是尽头。

我深深吸了一口清新的空气，即刻便感到心旷神怡，先前的烦闷一扫而空。看着脚下如蚂蚁般的游客，我感觉到自己的伟大和他们的渺小。这辽阔的蓝天下的长城显得很高傲，很平静。它在这里虽然已经很久，经历过无数风雨，可是仍坚强、热情地生存下去，为人们守护住这片大地。

站在长城上，我的心情异常平静。长城，就像一个经历丰富、身经百战的好朋友，能给人消除疲劳，驱走烦恼。它能令寂寞的人不再孤独，能令绝望的人眼前重现光明。

虽然我在长城上逗留不久，可是却百感交集，那份感动一时间一言难尽。我深深感到中国人的伟大和团结起来时的那份"强"。在这浩瀚的山岭上，竟然可以建筑这么宏伟、雄壮和永不倒下的长城，真的是超乎人们所想，不愧为世界奇景。

到过长城的人，都会体会到一种永垂不朽的精神。它代表了中国人集合起来的强势、我们炽热的心和中国悠久的光辉历史。

可想而知，我在黄昏的夕阳下离开美丽的长城时，是那么的依依不舍却又是那么的心满意足。

（指导教师：侯莉莉）

游 北 塔

苏静莹

我早就盼望游北塔。那天，爸爸说带我去北塔，我高兴得拍手跳了起来。

到达目的地后，我们站在北塔下，我和爸爸仰头望去。只见四十二米高的七层宝塔身姿雄伟，巍然屹立，直冲蓝天。远处，天子山的几座山峰在云雾中若隐若现；近处，沿江十里长堤伴着资水向北而去。堤内，农田一望无际，到处都是一派丰收的景象。北塔依山傍水，相邻沃土良田，风光秀丽，恰似人间仙境。

我们走进塔内，只听见每层塔檐顶的小树上鸟儿放声鸣叫，互相追逐，似在歌唱它们自由自在的幸福生活。这些鸟儿打破了每一层塔的寂静，使塔楼荡漾着生命的活力。我们还看到塔的每层檐上镶有龙、凤、鱼等各种动物的石雕，姿态各异，栩栩如生。在第二层厅内，墙上镶着大理石石碑，上面刻着北塔的修建年份以及北塔的建筑修建历史，再现了当时老百姓支持修建北塔的无私奉献。塔的每一层还有精湛的书法和壁画，爸爸告诉我，这一幅幅壁画表现了当时劳动人们期望和平、期望"降妖镇魔"、期望风调雨顺、期望五谷丰登、期望多子多福等美好希望。从每一层的窗口往下看，塔外壮丽山河尽收眼底，让人不由自主地陶醉在这美好的风光中。正像它门上的石刻对联"正欲凭栏舒远目，直须循级上高头"一样，站得越高，看得越远，胸怀也随着大自然不断地开阔，开阔，达到如醉如痴的意境。

游完北塔，爸爸问我有什么感受，我说："塔凝聚了古代劳动人民的聪明才智，我赞叹他们为后人留下了宝贵的历史文物和财富，也赞美他们有着美好的希望和智慧。"我还对爸爸说："我一定要好好学习，长大去参加祖国建设，把我们的祖国打扮得更加美丽。"

（指导教师：张代英）

086

这里的风景最美

高占洪

5月，正是一个柳绿花红的时节，风和日丽。我们全家来到宜兴的郊游圣地——善卷洞前，大吼一声："我们来也！"于是，山鸣谷应，树树皆春。

才踏上入洞石阶，便闻哗哗水声从喧闹的人声中传出。凝神四顾，只见一道瀑布如帘似练，沿石壁飞流而下，珠飞玉溅，真是好看。

沿石阶跨下二三十步，便至善卷之"中洞"。立于此间，但闻水声、人声、轰鸣声，声声盈耳；但见灯光、天光、石色光，色色炫目。此洞又名"狮象大场"、左黄狮、右白象，依稀可辨其雄姿。沉睡万年的灵兽啊，我们可曾打扰了你们的静修？

向前走，只见傍水而去的石道，依然半开不放。可怜渺小的我们，无法目睹它一朝开放的美妙，但听见上边钟乳石"滴滴"的声音。这时的我们不再喧哗嬉闹，唯恐惊动那洞顶飞旋的苍鹰，岩壁攀爬的白熊，更怕触怒那盘游于脚下的青龙，守护于山崖的善卷老人……

087

洞中有洞。刚才温暖如春，连空气中都包含水汽的中洞之下，竟是清凉的秋天，令人心胸为之而清爽，而越来越凉气袭人，这就是名副其实的"夏凉"。与上洞一样，这里宽阔的空间中，各种形状的石钟乳也或悬垂，或挺立，在五彩的霓虹灯中各展奇姿妙态，真是目不暇接，美不胜收。

一路胜迹，正使我们赞叹不已，忽然，在朦胧的灯光下，一条地下小河露出了她迷人的风采。几条小船正在穿梭往返。我们上了小船，沿着曲折的河道悠悠前进。船夫不用桨，而用短篙在头顶石壁上左右轻点，让船儿徐徐向前。

这就是善卷洞的迷人景色。天地之孕育，自然之杰作。在我们宜兴人的心中，这里的风景永远是最美最美的。

（指导教师：薛斌忠）

黄山游记

楚新亮

　　"五岳归来不看山，黄山归来不看岳。"这是明代旅行家徐霞客给黄山的评价。今年五一长假，我有幸跟着爸爸、妈妈游览了黄山。黄山位于安徽南部，被誉为"天下第一山"，那里的怪石、云海、奇松、温泉，自古被称为"黄山四绝"。

　　我们凌晨两点上山，到山上天已大亮。在西海地区，我们首先见到了"飞来石"和"仙人下棋"。"飞来石"是一块天然形成的巨石，呈椭圆形，底部是空的，仿佛从天上飞来的一块石头，落在山峰顶端一样。"仙人下棋"则是一座肖形山峰，像两位仙人在下棋，旁边还有一位身背篓子的采药老人似乎看得入神，形象十分逼真。黄山72峰，峰峰见异。莲花峰、天都峰气冲霄汉，险峻雄伟；是信峰凸于山谷，玲珑小巧，清幽秀丽。顺着长长的山道向上爬，我们就来到了光明顶。"不到光明顶，不见黄山景。"从这句老话你可以想象出光明顶景色之美。光明顶海拔1840米，与莲花峰、天都峰这两大主峰咫尺相对，成鼎足之势，颇为壮观。在光明顶上远眺，我们看见了"鳌鱼驮金龟""猴子望太平""玉屏峰""飞来石"等奇异景观。云海！在光明顶上扑入我们眼帘的云海让游人不禁欢呼起来。云海浩瀚奇特，忽而淡抹浅妆，忽而银涛滚滚，那一座座山峰在云海中若隐若现，像睡梦初醒的少女，优美轻盈，神秘莫测，这也许就是人们常说的"黄山的美美在黄山之变"吧。

　　黄山的松在"黄山四绝"中最有名。黄山奇松在怪石绝壁上依势生长，刚毅挺拔，造型奇特，富有艺术魅力。迎客松是黄山最有名的松树，她好似热情的主人伸开双臂迎接着我们的到来。往山下走，我们还目睹了黑虎松、竖琴松、龙爪松和团结松的风采。我国著名国画大师刘海粟曾十上黄山九画松，画的就是黑虎松，那黑虎松有如一只怒气冲冲的黑虎，气势不凡；竖琴松则与黑虎松不同，她像一架竖琴，仿佛等待着人们来弹奏优美的乐曲；龙爪松是一棵高大的松树，因根部破土而出，酷似龙爪而得名；团结松是由56个枝杈组成的一棵奇松，如同全国56个民族团结向上一般。

黄山以她苍翠秀丽的奇松、鬼斧神工的奇石。变幻莫测的烟云、喷涌不绝的泉水而著称，她独特奇异的美丽风光令我驻足其间，流连忘返。黄山，不愧为名副其实的人间仙境啊！

（指导教师：李秀芝）

第四部分 爱上一片乐土

美丽的历山

冯春梅

我的家乡有一座山——历山，它是国家一级自然保护区，它一年四季美丽如画。

春天，山上的冰雪融化，汇成条条小溪，淙淙流淌。树木的枝条上，探出一个个嫩绿的小脑袋，似乎要看一看这个明亮的世界。微风一吹，小树摇晃着身子，像是翩翩起舞的少女。冬眠的小动物也醒了过来，走出洞穴，寻找食物。小麻雀和小喜鹊在枝头叽叽喳喳地叫着，仿佛在告诉人们："春天到了，春天到了！"

夏天，美丽的历山穿上了一件深绿色的衣衫，是那么绿，那么新鲜，使人感到神清气爽。山下，小河里的水清澈见底，游鱼、水藻、怪石，都可以看得清清楚楚。有时阳光照射在岩石上，暖融融的，要是躺在上面，那才叫舒服呢！

秋天，历山换上了一条金黄色的裙子。调皮的秋风一吹，树叶就像蝴蝶一样轻轻地飞起来。树叶落在地上，变成了一块块金黄色的地毯，走上去沙沙作响，听着这声音，舒服极了。松树、蚂蚁忙忙碌碌地在找过冬的食物。候鸟都飞到南方过冬去了，只有麻雀还在那唱着歌。

冬天，纷飞的雪花落在树杈上，像是挂在树上的白灯，树林更是美得无法形容。雪铺满历山，走上去，松松的，软软的。雪像白纱，历山披上这白纱，显得更美了。流连其间，仿佛置身在梦幻中。可惜，许多小动物躲在洞里不出来欣赏这美丽的景色。偶尔一只小松鼠出来，它发出的声音很小，但也打破了历山冬天的寂静。

我爱家乡美丽的历山！

（指导教师：江超逸）

校园的心脏

甘露滢

我们的学校可美了。最吸引我的要属操场中心的水池，它就像我们校园的心脏。

水池是八边形的，它的周围有四棵铁树，从高处俯看，铁树就像四个绿色的小绒球。

水池的西边是升旗台。旗台南北两侧有台阶和银白色的不锈钢栏杆，四周还摆放着鲜花盆景，映衬得国旗更加庄严、美丽。

升旗台的旁边有一块草坪。草坪像一块五颜六色的地毯，上面开满了鲜花，蜂飞蝶舞。草坪的东边有一棵柳树。微风吹来，柳条随风摆动，像少女在梳理长发。倒影映入池中，把鱼儿都吓得躲到水底去了。我们都笑鱼儿太傻了。

我爱观赏这些红色的小鱼。它们三五成群，有的在水中自由自在地游玩，有的在低头觅食，有的在顽皮地吐着水泡儿，有的还大睁着圆眼一动不动，好像在思索着什么。难道鱼也有难解的问题吗？

水池中间立着一座雕塑：一位老师带着两名学生迈步向前，老师左臂夹着一把大钥匙，右手指向前方——去开启知识宝库的大门。这雕塑是校园生活的缩影，天天鼓舞着我们勇攀科学高峰。

校园的一草一木令人心动神摇、忘我忘情。校园的心脏是我们的乐园。

（指导教师：白文锦）

三亚潜水

屈之川

茫茫大海，金色沙滩。大年三十那天，我们来到了一个美丽而富饶的地方——海南。这儿真热，我脱下了厚厚的冬装，换上了妈妈特意为我准备的夏装。

我们跟着导游从海口一直南下，到了三亚——我国最南方的一个新兴城市。在亚龙湾，沙滩上的沙子细如面粉；海上波涛汹涌，浪花一个接一个打过来。我和爸爸穿好潜水服，带上两个氧气瓶，戴上潜水镜，准备潜水。下水了，水凉丝丝的，我一时适应不了，冷得直哆嗦。教练看见了，教了我一个办法，让我把鼻子捏住，用嘴巴大口大口地吸气。我按他说的做了，身体就不发抖了。在水面上做好练习后，我们要潜入海底了。我太激动了。教练把氧气瓶的"吸管"给我，叫我咬住用嘴呼吸。我一时适应不了，在水里简直像块木头。后来，渐渐地习惯了，也变得灵活了。拍照的叔叔在我的前面，时不时给我拍照。

我透过潜水镜往下看：珊瑚礁数不胜数，应有尽有。红珊瑚鲜艳亮丽，是珊瑚中的极品；灰珊瑚，虽然不好看，但是坚硬无比……各种浅海鱼在水里嬉戏着。这时，一条褐色的大鱼，胸鳍上下摆动着，从我身边擦身而过；眼前有好多黑白条纹的鱼儿在珊瑚礁旁"躲猫猫"；左右两侧，海鲫鱼和红鲷鱼正在海中寻找食物……我刚想靠近它们，它们却都一溜烟地跑了。咦？旁边那黑黑的长满刺的是什么？突然我想起了百科全书上写的海胆，正和眼前的家伙一模一样。还记得海胆是不能摸的，于是我马上把伸出的手缩了回来。

啊！海底世界奇妙无比，真让我大饱了眼福。

（指导教师：韩海星）

观　海

郝萍萍

假期的一天，舅舅带着妈妈、我以及表弟、表妹到海边看海。

我们跳下车，眼前是一片黄澄澄的沙滩，上面有各种各样的脚印。我们不顾沙子灌满鞋子，飞奔到海边，一睹大海的容颜。

这就是海吗？蓝色的海面放出耀眼的光，清澈、平静的大海，让我们走进了蓝色的世界。

我们正享受着海风的爱抚，忽然大海这位温柔的少女变成了万匹暴躁的野马。海水猛烈地向岸边冲来，堆起一道道巨大的水墙，真是"惊涛拍岸"，令人心惊胆战；又仿佛十万天兵，向岸上杀来。

"哗，哗……"不一会儿，海水渐渐退下去了，只剩下一些白色的泡沫在岸上翻滚着。一潮还未退尽，一潮又起，这一起一落，像妈妈在轻轻地拍着孩子，哄孩子入睡。几块礁石立在海中，任凭着海浪撞击，纹丝不动。几条帆船在海里，像小叶子在水面上漂着、漂着……

我们开心地玩起了游戏。潮退了，我们追逐着海水；潮平了，我们打起了水仗；潮来了，我们又快乐地向岸上跑。欢乐的笑声在我们耳边回荡。

（指导教师：常江）

我家门前有块田

苏盛杰

我家门前有块田，是我家的责任田。

这块田长溜溜的，如一弯新月。人们叫它小弯田，又叫它新月田。新月田面积在六分左右。爷爷在田埂上隔一丈远栽一棵桃树，又隔一丈远栽一棵李树。就这样，间隔着栽了六棵桃树、六棵李树。

春天，桃李花盛开。我一有空闲就陪着爷爷在我家二楼阳台上观看景色。你看，水银似的月光泻在清凉平静的水田里，可以清楚地看到山影、树影、花影和云彩的倒影。水面就成了画家绘就的一幅奇妙的水墨画。

三伏天，这块田里的稻穗悄悄地从粗壮而嫩绿的稻梗怀里伸出来，问候太阳公公和微风奶奶，还不时做出各种撒娇的动作，逗得太阳公公笑眯眯的，忙把自己的光和热无所保留地抛向它们；微风奶奶则伸出轻柔的手，一一抚摸它们。稻穗这时就张开微黄的小花脸，尽情地享受太阳公公、微风奶奶所赐给的疼爱。它们均匀地呼出淡淡的清香，吸引着成千上万的蜜蜂在稻丛中飞舞、欢歌……

到了收获的日子，黄澄澄的稻子好像厚厚的金毯子铺在田里。爸爸妈妈看着用汗水浇灌出来的丰收果实，开心地笑了，好像年轻了十多岁。

冬天，雪花飘飞，田里的冰块晶莹透亮，好吸引人呦！我和弟弟有空就到田里去玩冰。那凉丝丝的感觉让我们忘记了什么叫冷，虽然手冻得像胡萝卜一样通红。

这块田，在我们村里是一块毫不起眼的"小不点儿"，如果稍不留意，你就会忽略它的存在。可是，它却以自己独特的淳美，向人们展示着自身的价值。

（指导教师：张舒丽）

美丽的田野

李 玥

"走在乡间的小路上，牧童的短笛在……"一踏上这乡村的小路，我禁不住轻声哼唱了起来。

小路两旁长着绿油油的菠菜和散发着清香的芫荽，矮矮的，均匀地铺了一地，像是给这片土地刚做的绿衣裳。放眼望去，是一片彩色的汪洋：金黄色的玉米随风舞动，一晃杆子，饱满的玉米棒子便得意地摇头晃脑，"沙沙沙"响成了一片，这真是最美的音乐了。另一边，翠绿与莹白编织出的大白菜刚绽开如花的脸蛋，笑嘻嘻地对着秋风打招呼。还有菜地边沿的那一丛红的、黄的、紫的野菊花，想撒开她野性的小脚丫到处跑跳一番，可由于花朵太过繁密了，跳也跳不动，只好随风舞来动去……

我忍不住扑向这片美丽的原野。可刚跑上一个矮矮的小土堆，就被风儿给热情拥抱了一下：好爽啊！是那种向往已久的清凉。风儿撩着我的短发，我索性坐了下来，让它闹个够。

095

远处，小小的村落像一幅水墨画，朴素的白灰墙壁和整齐的瓦房顶，还有遥远的狗吠，隐隐约约……

我喜欢这种味道：劳动的快乐和谷麦的清香。

（指导教师：陈凤荣）

微山湖上

卫立阳

　　我可爱的家乡——济宁，是一座古老而文明的城市，素有"江北小苏州"的美称。的确，这里有许许多多名胜古迹和旅游景点吸引着中外来客，有太白楼、铁塔寺、曲阜孔庙……而我最喜爱的地方还是坐落在家乡南端的微山湖。那里景色优美，物产丰富，是我们游览、观光的好地方。无论何时，微山湖的景色都是最美丽的。

　　阳光灿烂、微风拂面的春季，站在岸上遥望，只看见蔚蓝的天空与碧绿的湖水结为一体。早晨的太阳从地平线上冉冉升起，放射出金灿灿的光芒，洒在了平静的湖水上，仿佛给微山湖披上了一层薄薄的金纱。微风拂过，刚才那水平如镜的湖水现在立刻泛起了一阵阵鱼鳞似的波纹，在阳光照耀下，闪动着银光，好像有人在湖面上撒了一把小碎银似的。"扑通"一声，偶尔有几条小鱼跳出水面来，接着又调皮地钻进水里，大概它们也想见见外面的世界吧！蓝天、白云、湖水，这天然的美景怎能不令人心醉呢？

　　微山湖最诱人的季节还是夏天。农历六月，纯洁的荷花在太阳公公的爱护下竞相开放，争奇斗艳，生机勃勃。粉的如霞，白的似雪，真使人眼花缭乱，应接不暇。瞧！有些荷花还没有开放，只展开两三片花瓣，从那粉红的颜色看来，真像是一位刚刚睡醒的羞涩的小姑娘，而有时呢，则完全盛开了，露出嫩黄色的花蕊，经风一吹，便散出浓郁的清香。再看看那"大玉盘"似的荷叶，有的向下倒扣着，像一顶绿色小帽子；有的像一位士兵，精神抖擞地守卫在荷花旁，每片叶子上都有几滴晶莹的小水珠，它们像顽皮的小孩子似的，在"圆盘"上滚来滚去。忽然，一只蜻蜓落在一片没有展开的荷叶上。这使人想起一句"小荷才露尖尖角，早有蜻蜓立上头"的名诗佳句。"呷呷"，这时从湖中传来了几声鸭叫，原来小鸭子正在戏水玩耍呢！看到了人们，它们便不好意思地游开了。

凉爽的秋季，湖上长满了芦苇。苇子随风起伏，忽高忽低，宛如海里的波浪。湖上随处可以看到挂着白帆的捕鱼船，一眼看去，到处点缀着白色的斑点，真是美丽极了。船上，渔民们撒下渔网，拉上来的是一条条欢蹦乱跳的鱼儿；渔船不断在湖上穿梭，凡事船儿行过的地方便会留下一条长长的"绿带子"。

寒冷的冬天，湖面上腾起乳白色的水蒸气来，远远望去，整个微山湖都笼罩在白茫茫中。

微山湖不但景色美丽，而且物产丰富。鱼的种类特别多，有鲤鱼、鲂鱼、草鱼……听爸爸说，这里还盛产一种四个鼻孔的鲤鱼，年产量好几万吨呢！

微山湖啊，你是济宁一颗闪亮的金星，你是鲁西南的明珠。我爱你，家乡的微山湖！

（指导教师：秦淑雯）

097

第四部分 爱上一片乐土

美丽的小山村

张志超

我的姥姥家在宁城县的大城子镇，那是个美丽的小山村。每当天刚亮的时候，邻居家的大公鸡就提起嗓门叫了起来，紧随其后，满村的公鸡也跟着此起彼伏地叫起来，咯咯咪……咯咯咪……仿佛都在说："天亮了——起床了！"

在村子的前面，流淌着一条清澈的小河，远远望去，就像是仙女手中的绸带，绕着山脚，弯弯曲曲，缓缓流淌。当你来到她身边，娴静的小河宛如明镜一般，倒映着红的花、绿的树。假若你躺在河边的草地上，闭上双眼，静静地倾听，哗啦啦的流水声就是一首美妙的乐曲。

到了夜晚，一轮皓月在水面调皮地晃动着。小河在月光下闪烁着点点银光，你静静地坐在小河边，田野的泥土味和花草的馨香幽幽地沁入你的鼻腔，让你感到通身的清爽和畅快。微微地拉开眼帘，斑驳的月光，朦胧的树影，粼粼的水波，轻轻地抚摸着你的视线，直通到你的心底。此时，你仿佛置身仙界，飘飘欲飞，羽化而登仙。

姥姥家依偎着一座小山。这山可真奇妙呀，活像一只骆驼。头部高而突起，尾部低而收拢，当中显着两个大驼峰，层层梯田就像一绺绺驼毛，非常有趣。奇怪的是这山既不叫"骆驼山"，也不叫"驼峰岭"，而是叫"杏花岭"。春天，杏花一开，漫山遍野白绒绒、粉嘟嘟，给人的感觉就像少女的脸蛋，清纯细嫩，在阳光下亮丽而不妖艳。杏花辉映下的山村，则像是一位丹青高手重重地着了一笔，俨然一幅可遇而不可求的水墨画。

初夏，小山被绿色覆盖，葱绿的小草，绿油油的秧苗，在灿烂的阳光下闪耀，像一颗硕大的翡翠。

我非常想去姥姥家，那儿的山美，水也美，那儿给与我无穷的欢乐和惬意。我想，等我长大了，还要给送去点什么……应该的。

(指导教师：蒋美清)

竹筏漂流

杨士杰

　　暑假里，我和爸爸妈妈去武夷山游玩，那里有许多景点，一线天、晒布岩、九曲溪、水帘洞……最让我难忘的是竹筏漂流。

　　到达武夷山的第二天上午，我们去乘竹筏漂流。来到九曲溪，只见码头上停满了竹筏。我们买好票上了竹筏。筏身是用六根又粗又长的竹子并排捆起来的，五六只竹椅子固定在筏身上。每条竹筏上都有两个筏工，他们有男有女，年龄大都在二十岁到五十岁之间，手里都拿着竹篙。我们穿好救生衣，坐上竹椅。在等待开筏的时间里，我们和筏工闲聊起来。给我们撑筏的是一对三十多岁的夫妻，原来靠种田和卖山货为生，日子过得很艰苦。武夷山旅游事业的开发，使他们的生活有了转机。在旅游旺季，夫妻俩平均每天收入超过百元，现在家里彩电、冰箱样样都有，一点儿也不比城里人差。随着筏工把竹篙往水里一插，用力往后一推，竹筏前进了。经过第一个弯时，河水十分急，一个浪头打来，竹筏上全是水了。我们索性把鞋袜给脱了，把腿伸进水里，凉爽极了。

　　竹筏在船工的操纵下，随着溪流时而快，时而慢，时而直，时而弯，顺流而下。两岸的山倒映在清凌凌的河水里，显得更绿了；天空倒映在清凌凌的河水里，显得更蓝了；云朵倒映在清凌凌的河水里，显得更白了。

　　听筏工们向我们介绍，这条河有九曲十八弯，最深的地方有三十五米，最浅的地方只有几厘米深，有的地方还有漩涡呢。在这样的河中，一般的船是根本无法航行的，只有我们这竹筏，能来去自如。一路上，筏工向我们介绍了沿岸景点的名称、来历、传说，什么双乳峰、牵牛峰，狐狸洞……使我目不暇接。

　　一个多小时的漂流，在不知不觉中过去了，一直到终点，我们意犹未尽，依依不舍地离开了码头。

　　这次游览武夷山，不仅使我感受了祖国河山的景色，还使我增长了不少的知识呢。

（指导教师：任玉敏）

巧克力的味道

客家土楼

邢福熙

　　福建永定的客家土楼别具一格，举世无双。我生在土楼，长在土楼。那被誉为"土楼之王"的承启楼就是我的家。

　　规模巨大宏伟的承启楼建于清康熙四十八年，全楼分三环结构。第一环周长达229.34米，楼高4层，每层72个房间；第二环为两层，每层40个房间；第三环为单层，32个房间。中央还有一个圆形大厅。整座圆楼占地5376平方米，共计房间400个。外墙体厚达1.5米，可真谓是固若金汤。楼内布局合理，造型古朴别致，雕梁画栋，装饰典雅华丽，令人叹为观止。每一座土楼就像一个小社会，商店、花园、学堂、门坪廊道、露天广场、水井仓库……各种生活设施一应俱全，功能完备。承启楼生活着几百户几千口人，世世代代勤劳勇敢，和睦相处，像一家人那样团结一心，相亲相爱。在我的记忆中，土楼是一座心灵的乐园，永远是温馨祥和，令我刻骨铭心。

　　土楼用沙质黄土夯筑而成，节省能源，少有污染，具有抗震保温、隔热的特性，冬暖夏凉，历史上经受过多次地震而安然无恙，完好如初。还有防潮防火、防匪防盗的性能，并且采光充足，通风良好。世界上许多专家学者来永定土楼观光考察，无不惊叹客家土楼是人类建筑史上的一大奇迹！

　　由于承启楼设计独特，匠心独运，深圳市"锦绣中华"和台湾桃园"小人国"都制作了该楼模型，还被我国邮电部1986年制作的"中国民居"邮票选用，并在中国建筑模型的展览会上展出。

　　我是客家人，我是土楼的小主人，我为此感到无比骄傲和自豪。我们真诚欢迎天下朋友来永定的土楼做客！

（指导教师：张冰）

100

第五部分

小伊丫之恋

来到学校的我思绪翻滚，泪水轻轻滑落，我知道那是忏悔的眼泪，用来告慰那纯真的情感。我只知道人间真爱似醇厚的千年佳酿，却浑然不知动物和人的感情也像那美酒，越陈越香，越陈越纯净。

——董世琪《迟到的忏悔》

小伊丫之恋

徐治浩

你茸茸的身体与草地融为一体，你嫩嫩的脚丫离不开青草地，你晶亮的眸子注视着青草地，"咚咚"的心跳诉说着你对草地的渴望……

春光温柔地给大地披上一件纱衣，柳枝舞动着她那修长的手臂，桃花儿带着少女的羞涩立在枝头。我抱着你——我的小鸭子——我的小伊丫，向家走去，你一路"嘎嘎"地叫着。眼里的，那是，那是什么？那里有露水的晶莹，绿色的渴望，太阳的热烈。你奋力挣扎，从我怀里跌落在地上。我吓呆了。你那茸茸的身子只露出雪白的那面，橘红色的小爪子用力地扑腾着。一道闪电击中了我的心，我想扶起你。可是，你迅速一翻身向那块自由的富有活力的绿草地奔去。你叫着，那是怎样的一种喜悦呀！你跑着，尽管你很虚弱。你倒下时，我一把抓住了你。你愣住了，没有叫，可是那露水般晶莹的东西，滴落了下来，滴落在我心灵深处，溅起丝丝涟漪。可我脚步没有停，你呆呆地望着那片自由一动不动。我把你抱回家放在阳台上，准备好纸箱，放上水和米，突然，你看见了楼下也有一片草地，不禁"嘎嘎"地欣喜地唱着自己的歌，每天如此……

一天，我背着书包赶忙回家，一路上，风和雨比着拳击，玻璃窗震得瑟瑟发抖。马路上溅起朵朵水花，人少，车稀，一片雨和风打斗的声音。我跑到阳台来看你，你浑身都湿透了。我很惊讶——这儿淋不着雨呀！你颤动着，发抖的"嘎嘎"声把我的心牢牢揪住了。忽然，你跳上水缸，接着吃力地准备跳出箱子。你直直地伸着脖子，眼里充满激情和自信。淡黄色的羽毛紧紧地贴在你紫色的嫩肉上，你那小小的翅膀扑腾着。你竭尽全力蹬着，跳着。可是，这些努力都白费了，你失败了，跌落在水缸里。我立刻抓出你，用抹布擦着你的身子。你冻僵了，但，你的心是热的——再冷的水缸也不会让它冷却。我正准备将你抓回"囚笼"时，发现你在极力地挤出阳台上一处半手宽的缝。终于，你要成功了，"嘎"！

"嘎"，那是怎样的一种激情呀！我拦住你，"嘎"！

"嘎"，那是怎样的一种渴望！我迟疑了。忽然来自很遥远，很遥远的声音在我耳边响起："放了她吧！"我缓缓地移开手掌，我知道前面的路，走过去，就再也回不来了！此时，你只知道，只要再走一步，只有一步，就会得到那片草地了。在我移开手的一瞬间，你兴奋地叫起来，走上了一条不回头的路。你的身体在下坠，你浑然不觉，你沉浸在兴奋、自由里，永远永远……

我走到你面前，双眼一片迷蒙，只见青草儿簇拥着你，青松儿陪伴着你，春风抚摸着你……

（指导教师：孙沛）

103

第五部分 小伊丫之恋

迟到的忏悔

董世琪

那天，天边刚泛起鱼肚白，我便踏上了上学的征途。

路上没有行人，没有车辆，只有寒风带着逼人的凉意向我袭来，我不禁缩了缩脖子——老天也太不公平了。

忽然，我听见一阵呜咽，像是落魄的浪人偶遇亲人的呼唤，又像是受了委屈想要倾诉的哀鸣。我吓了一跳，赶紧四处张望，终于发现在角落里有一团黑影在攒动。在好奇心的促使下，我慢慢地靠了过去，那团黑影渐渐明晰了，竟是一只显得极落魄的小狗，它静静地望着我，我也呆呆地看着它，从它的目光里，我不仅看到了恐惧，还有一丝惊喜。

鼻子蓦地一酸，这不是前不久被我家遗弃的小狗吗？它现在在这儿干吗？是无家可归，还是为了来看我一眼？我看了看表，啊，要迟到了。我顾不得它了，便加快脚步向学校走去。呜咽声还在空气里急速回荡，回头一看，那瘦弱的身躯向我追来，一辆卡车呼啸而去，发出了刺耳的声音，我听到了小狗一声惨烈的哀鸣……

我狠心地回过头，眼里顷刻间盈满了泪水。

大概五年前，我在路边捡到了一只被丢弃的小狗，很丑，很落魄。从此它变成了我的玩偶，用脚踢它，喂它辣椒水，而它既不离去也不抱怨，就算是被铁链锁在阴冷的墙边，也只是静静地待在那里，只有出现生人时，才使劲地"汪汪"叫几声，继而再变回那像乞丐一般的模样。

后来，上学日渐紧张，家人外出打工，无暇顾及小狗。

大概两个月前，在父亲一次外出时，用三轮车把它拉到了外地，扔在了半路。料想今生今世不会再见到那丑陋的小狗了。

没想到，今天突然见到了它。

只是它比以前更加消瘦了。

心里愧疚极了，一个从小就被虐待的小可怜，竟然不知道怨恨，在寒风中苦苦等待，就只为了看一眼曾经收留了它的小主人，或许是感激吧。

悔恨之情涌上心头。

小狗呀，你为什么那么执着，又为什么不去跟随待你好的人家？

你那最后的哀鸣最终撕裂了我那自私僵硬的心！

没有谁对不起谁，只有谁不珍惜谁。我彻底悔恨了。悔我当初为什么那样对待它，恨我为什么让父亲把它丢弃。唉！如果当初没这样做，也许心里就会少些愧疚了吧。

来到学校的我思绪翻滚，泪水轻轻滑落，我知道那是忏悔的眼泪，用来告慰那纯真的情感。我只知道人间真爱似醇厚的千年佳酿，却浑然不知动物和人的感情也像那美酒，越陈越香，越陈越纯净。

小狗呀，如果你还有来生，让我们重新做一回朋友好吗？

我决定放学之后一定要弥补我的过失——祭慰那只可爱的小狗。

（指导教师：侯贞利）

第五部分 小伊丫之恋

开心果豆豆

刘佳雨

我有一个开心果，就是我家的小狗豆豆。

豆豆的毛大多是棕黄色的，只有肚子、腿部和屁股上有一点点白。圆鼓鼓的大肚子，像吹满了气的大气球。两只耳朵平时是耷拉着的，见到陌生人时就直竖起来，伴随着"汪汪"的叫声，显出很厉害的样子。一条又细又长、毛茸茸的大尾巴，见到家人就使劲地摇，拼命地讨好，见到陌生人就绷起来，一副随时准备扑过去的样子。

喝水时，豆豆把舌头伸到碗里，不停地一伸一缩，水就被吸进去了。饿了时，豆豆会闭上嘴冲着我闷声叫，好像在说："小主人，我饿了，给我点吃的吧！"等你扔块馒头给它，它叼起来就跑，躲到角落里再放下慢慢吃，生怕别人抢它的美味。如果有小骨头吃，它会兴奋得整个身子都直立起来，伸着舌头去接，贪婪的样子真好笑。

每次回家，豆豆总是第一个跑出来迎接我们，不停地摇着尾巴，转来转去，还高兴地"呜呜"叫着，一副亲不够的样子……

小豆豆总能给我们带来快乐。我喜欢我的开心果。

（指导教师：陈凤荣）

妞　妞

柳云江

前不久，爸爸送了我一份特别的生日礼物———一只牧羊犬，我给它起了个名字，叫"妞妞"。

"妞妞"平时没事儿干的时候，就会把球叼起来，放在我脚边，让我陪它玩。有时我忙着写作业不想理它，它便用力地刨地板、咬我裤脚，我拗不过它，只好陪它玩一会儿，谁知道它得寸进尺，玩了一会儿又一会儿，搞得我作业都没写完，第二天被老师留下补作业，还得写检讨书。

最有趣的是"妞妞"撒娇了。它躺在地上，四脚朝天，雪白的肚皮翻了又翻，好像对我说："小主人，帮我挠一挠嘛！"有时候它不痒，故意使唤我，我便来个将计就计，搞得它更痒，从那儿以后，它再也不敢耍"小姐脾气"了。

有一次，我和妈妈带"妞妞"出去玩。玩着玩着，我和妈妈说了几句话，一转眼，糟了！"妞妞"不见了！我四处寻找，呼喊着"妞妞"的名字，仍不见它的踪影。听说最近有人抓狗卖或做狗肉煲，"妞妞"会不会……我不敢再往下想，呆呆地站在那里，大脑一片空白。妈妈说："放心吧，妞妞一定会没事的！"我们继续找，继续喊："妞妞！妞妞！……"突然，听到一个熟悉的声音，我循声望去，看见一楼阳台上有个影子，很像"妞妞"，我立刻跑过去，一看，果然是"妞妞"啊！我便按门铃，向主人讨回"妞妞"。

原来，我和妈妈说话的时候，"妞妞"掉队了，那家大哥哥因为太喜欢"妞妞"便"抱"走了。

自从发生了这件事后，我更加疼"妞妞"了，它也比以前更乖巧了。

（指导教师：南海滨）

我家的"小黄毛"

葛剑芳

暑假里的一天，外婆送给我一只刚满月的小猫咪。从此，这只猫咪便进入了我们的生活。

这只小猫咪与其他猫没什么两样，只是它身上夹杂了许多黄毛，分布得挺好看，尤其是脖子周围有一圈黄毛，就像是高贵的妇人围了一条黄绒毛围巾，看上去变得富贵了，所以我们大家就给它起了个十分可爱的名字——"小黄毛"。

"小黄毛"初到我家时，可能是不太习惯吧，总有些胆怯，常常钻到沙发下面不肯出来，只有把好吃的食物放在它面前，它才肯出来吃。到了晚上，小黄毛就没完没了地叫，妈妈说没关系，过几天它就会好的。果然不出妈妈所料，几天后，小黄毛就"天性暴露"，开始东奔西跑，上蹿下跳，只有饿的时候才会跟着你要吃的，你走到哪儿，它就跟到哪儿。头一回洗澡时，我一不小心把肥皂泡沫溅到它的小眼睛里，它就拼命用小爪子抓脸，那样子还挺逗人。

"小黄毛"最近像发了神经病一样，从这屋跑到那屋，有时还窜到我房间里来，从沙发上跳到桌子上，再跳到床上，还把我放书的箱子，抓得稀里哗啦。我气坏了，真想把它狠狠地揍一顿。可是，这两天"小黄毛"突然安静下来了，每到傍晚，它就卧在楼梯转弯处，有时伸长头颈瞪大眼睛，有时两耳朵一动一动的。究竟发现了什么呢？前天晚上，爸爸下班回来看见"小黄毛"身旁躺着一只十五厘米长的死老鼠，就高兴地大喊："'小黄毛'会捉老鼠了！"我这才明白过来，原来前几天"小黄毛"不是发疯，而是在练习捉老鼠的本领呢，"小黄毛"真勇敢。

"小黄毛"，我们全家都很爱你，你是我养过所有动物中最乖巧、最能干、最美丽的一个。

我爱我家的"小黄毛"。它永远是我的好朋友。

（指导教师：常毅然）

蚂 蚁

郭丽渊

土堆边，青草旁，一队小虫正忙着把巨大的食物搬进窝里。看到它们乌黑的小身影，紧张而有条不紊的队形，你一定会不假思索地说："蚂蚁！"对，就是蚂蚁。

记得一次，我在帮妈妈浇水时，无意中发现在一片菜地上竟有两个小洞。我马上蹲下身子，两手趴在地上，头贴着地面，眼往菜叶的底面望去。哇！竟然有一条大青虫。怎么样处置它？正在这时候，一只小蚂蚁爬过我的眼前。我忽然有一个念头，用青虫喂蚂蚁，不是很有趣吗？

于是，我用小木棒把大青虫带到一处经常有蚂蚁出没的地方，便耐心地等待着蚂蚁出来。不一会，有一只蚂蚁发现了这条大青虫，马上就绕着这"庞然大物"嗅嗅，接着就往回跑了，它一边跑，一边用触须碰同伴们头上的触须，好像在告诉同伴，前方有大而美味的食物。不一会，一大群乌黑的蚂蚁就包围了他们的"猎物"。尽管大青虫拼命挣扎，但最后它还是招架不住，被小蚂蚁咬得遍体鳞伤，无法动弹，奄奄一息，束手待毙。

小蚂蚁齐心协力地把大青虫抬到洞口，可洞口十分小，小蚂蚁只好在洞口跟同伴分享美味。

"小蚂蚁"搬运"大青虫"这件事使我感到：哪怕是遇到很大的困难，但只要像蚂蚁那样齐心协力，便能够战胜它。

（指导教师：李景榅）

有趣的螃蟹

崔国庆

一个星期天的中午，妈妈从菜市场买回来几只大螃蟹。我高兴极了，就挑了一只最大的放在盆子里，边玩边仔细观察起来。

大螃蟹的外壳是青灰色的，像是穿了一件青灰色的盔甲，非常结实。两只黑黑的圆圆的小眼鼓鼓的。八条细长的毛毛腿弯曲着，舞动着一对像钳子似的大螯，可威风呢！它在盆子里爬过来爬过去，一副可爱又可怕的样子。于是我就想逗逗它。我拿来一根筷子，在它的硬壳上敲敲打打。起先它似乎有点害怕，缩起了八条腿，一双大螯停在半空中，好像在等待时机。我又用筷子去弄它的大螯，你瞧它，该出手时就出手，挥起两把钳子一下子就钳住了筷子。

110

我也抓住机会大胆地用手捏住了它硬壳的两边，把它举到空中。我对着它说："嘿嘿，大螃蟹呀大螃蟹，看看到底是你厉害还是我厉害。"说着我用劲拔出了筷子。螃蟹的八条腿和一对大螯在空中乱舞，好像在说："你不要抓我了，快把我放下。"也许是火气太大了，瞧，它的嘴里还不停地吐出白色的泡沫呢！我赶紧把它轻轻地放回盆子里。威武的螃蟹又挥动着一双大螯，在盆子里爬过来爬过去，好像什么事也没发生过。

螃蟹真有趣！

（指导教师：邵秀丽）

阳台上的小客人

贾司宇

放学回家，我来到阳台上看花草。忽然，我看到护栏上有一只小小的蜗牛。蜗牛的头圆圆的，上面两根带眼睛的触角向上竖起，还一摆一摆的，活像两根电视天线。小蜗牛背上驮着一个圆圆的东西。我想，这里面一定藏着很多好吃的、好穿的、好玩的。小蜗牛似乎是在旅行，离开爸爸妈妈的怀抱，在离家很远很远的地方旅行。我对小蜗牛说："做蜗牛真好，没人管，做错了事情也没人骂，可以自由自在地享受一切，多好啊！"我用羡慕的眼光望着这只小蜗牛。我又想，蜗牛背着一只"大包袱"，一定很重，很累，但它还是那么坚强。

我用手轻轻地摸了小蜗牛一下，它马上将身子缩到自己的"包袱"里去了。哦，原来这不是小蜗牛藏吃穿的"包袱"，而是它的"屋子"，是它的藏身之处。只要谁碰它一下或打它一下，它就会躲进这间坚实的"屋子"里。想到这里，我连忙对小蜗牛说："哦，小蜗牛，我不是想伤害你，是关心你。"我非常喜欢小蜗牛，但小蜗牛却离我而去。只见小蜗牛爬过的地方，留下一道白色的痕迹。这大概是蜗牛留下的记号，是不是找不到合适的地方住时，它就会沿着这条痕迹回到原来出发的地点去睡觉、吃饭呢？

哦，我的小客人，你还会再到阳台上来吗？

（指导教师：牛银虎）

第五部分 小伊丫之恋

燕子筑窝

兰蕊卿

　　我见过很多小鸟，留给我印象最深的就数燕子了。燕子不但外形漂亮，而且它衔泥垒窝的那种精神更让人难忘。

　　那是春日里一个星期天的早晨，我从睡梦中醒来，一眼便瞧见窗外有两个小小的黑点。哦，这不是燕子吗？它两翼乌黑，腹部雪白，尖嘴红得似火，飞起来轻盈灵巧，忽高忽低，优美极了。从课外读物中我得知，燕子不但能报春，还能灭虫，是庄稼的好朋友。此时，燕子正在我家的屋檐下做窝，我急忙起床跑到屋外去看。

　　只见燕子飞到水塘那边去了，一会儿，它嘴里衔着一些泥又飞回屋檐下。我想，燕子这么小，每回只能衔那么一丁点儿泥，它什么时候才能垒成一个像样的窝呢？看燕子飞到刚刚打好底子的窝前，小心翼翼地把"泥团"筑在窝边的缺口上，然后吱吱叫几声又飞走了。就这样，两只燕子穿梭似的一会儿飞来，一会儿飞去。看着看着，我的眼睛都疲倦了，而燕子却毫无倦意，仍在忙个不停……

　　十几天以后，屋檐下的燕子窝已经垒成碗口大了。我十分惊讶，并且被深深地触动了。这小小的窝是燕子一次又一次飞行，衔来一口又一口泥垒成的，我们学习知识也应该这样一点一滴地去积累啊！

（指导教师：姜文玲）

小松鼠观察记

林新越

今天妈妈给我买了一只小松鼠，它长着一条毛茸茸的大尾巴，脑袋上有一对又圆又小的耳朵，一双绿豆似的眼睛又黑又亮，小鼻子是粉红色的，一张小三瓣嘴老是嚼个不停，好像永远也吃不饱似的。它背上和头上都有三条黑色的花纹，活像一只小老虎。

特别有意思的是它那两只细细的前爪非常灵活，我拿了一小块饼干伸到笼子前，刚想喂给它吃，谁知它用两只小爪子抱住饼干，往里一拖，就把饼干抢走了，然后就不客气地大吃起来。

当它睡觉的时候，尾巴枕在头底下，身体蜷成一团，不知道的人还以为是一团小毛球呢！我怕它冷，就向妈妈要了一条小毛巾放进它的笼子里，小松鼠看见了，高兴地围着毛巾转了几圈后，然后一头钻进毛巾里，像是特别喜欢那温暖而舒适的新被子，好半天都没有钻出来。

作业做好了，我轻手轻脚地走到阳台上想去看看它在干什么。想不到小松鼠早已听到了我的动静，它贼头贼脑地从毛巾里伸出头来，眼睛瞪着我，好像在说："别藏了，我已经看到你了。"我气急败坏地用手指着它说："快睡觉，不然就不给你饭吃。"小松鼠好像听懂了我的话，乖乖地钻进毛巾里去了。

（指导教师：谢静渊）

113

我心爱的小企鹅

高乐山

我家有一只小企鹅，它已经六岁了！它是我过两岁生日时妈妈从北京给我买的生日礼物。

它是绒布做成的，头圆圆的，它宝石般闪闪发亮的眼睛藏在它的黑色绒毛里，不仔细看是看不见的。小眼睛下面是尖尖的小嘴巴。小嘴巴是用人造革做成的，嘴巴两边有一撮儿白色的毛。肚皮雪白雪白的，上面有一点儿黄色的毛。摸一摸它的肚皮，软软绵绵的舒服极了！它的翅膀是灰色的，把翅膀举起来，就能看见它白花花的手掌。它小小的脚掌有三片，像小鸭子黄黄的小脚掌。最有趣的是小企鹅的围巾啦！围巾是深红色的，每天我都要给它围上。有一次，我想给它取下来，可是我正要取时，小企鹅好像眼巴巴地望着我，似乎在说："小主人，我冷，我冷，你不要把围巾取下来，好不好嘛！"我看它可爱的样子就没有把围巾取下来。

小企鹅不仅可爱，还能安慰我开导我呢！有一次，我不高兴，不想和别人一起玩游戏，于是我就抱着我的小企鹅看故事书。这时候，小企鹅好像笑眯眯地对我说："小主人，别不高兴了，我和你一起跟小朋友玩游戏好吗？"我看了看它，觉得自己随便不高兴是不对的，便抱着它和小朋友们又开心地做起了游戏。

我喜欢我的小企鹅，因为它给我带来了无限的快乐！

（指导教师：牛健林）

第六部分

天外的精灵

　　霞是天空中最美丽的景致，她是阳光和云彩合成的产物。云就像是霞的身体，霞赋予了她们千万种奇妙的姿态：如奔腾的江河大浪一般汹涌澎湃，又如绽放的鲜花一般优雅宁静；像轻盈的羽毛般温柔，又像母亲的脸庞一般美丽；拥有着万马奔腾的壮观，也拥有鹤立鸡群的骄傲与孤独……

——傅清尧《霞》

天外的精灵

张艺怀

我是一个来自天外的"精灵"——雨。作为一种自然现象，我有极其旺盛的生命力，每年的春、夏、秋、冬，我都会如约来到地球村。有时，我会给地球带来希望，有时，我会带给人们灾害。

"随风潜入夜，润物细无声"，春天的我是温柔的。滴滴答答……伴着春风、云雾，我来到小河边，来到丛林中，来到禾苗间，沿着光滑嫩绿的叶面，滑落下去，投入大地的怀抱，给人们带来生机。

"黑云翻墨未遮山，白雨跳珠乱入船"，夏天的我，热烈得甚至有些狂妄。哗啦啦，哗啦啦……大颗大颗的雨滴直往下砸，我既能与干旱相斗，又能在闷热的夏天里带给人们无比的凉爽。然而，我有时也会暴躁地砸坏人们的房屋建筑，也会作为水灾的帮凶，冲垮道路和桥梁。因此人们也会认为我在破坏他们的生活。其实在我的眼中只有未开放的野生公园环境最美丽，因为那里仍然维持着生态平衡。然而在地球村居住的人们无端地乱砍滥伐，迫害我的朋友——大自然。我这种暴躁的举动或许能带给人们一些警示。

"空山新雨后，天气晚来秋"，秋天的我可就文静多了，少了夏天的激烈与暴躁，多了几分恬静。淅沥沥，淅沥沥……一会儿急切，一会儿缓和，连绵不断，让你始终感觉不到我什么时候会离开。就这样轻轻拂过稻田，穿过枫树林，和着秋风，带给人们秋天的成熟与收获，给人们展现秋天的美景。

冬天来了，劳碌了大半年，确实有些沉闷了，这时的我就好像一个年迈的老人，有时会带着我的弟弟——雪一起出来，伴着冬天的宁静，在辞旧迎新的日子里，静静地看着人们幸福地生活，看着孩子们放鞭炮、玩耍，并不经意间变成雪花和他们一起游戏。冬天的我默默地带给人们希望和祝福。

这就是我——雨，一个温柔、狂妄、文静、沉闷，变化多端的天外"精灵"。你认识我了吗？

（指导教师：石胜莉）

雪　痕

边洁涵

也许，压抑了太久，憋闷了太久，灰色的天幕在经历了一冬的严寒封闭后，终于拉开了。小雪花获得了自由，它舞着、跳着奔回了人间。

雪，一片挨着一片，像一个亲密的大家庭。一会儿，又三三两两地在一起散步，好不悠闲自在。我踏着洁白的雪，来到了金鸡山上。山路像一条细细的小河从山顶流下来，也像是用雪花编制成的围巾，围在大山的脖子上。雪不管到了哪儿都会在那里留下诗一般的痕迹。瞧，树枝上一小堆一小堆的积雪，像不像一只只白色的海鸟在栖息？像不像顽皮小孩挂上树梢的棉花糖？我抬眼望去，远处朦朦胧胧的，好像仙境一般。山还在梦乡里酣眠，雪轻轻为它盖上了洁白无瑕的棉被。

我伸出双手，一片雪花落入我的掌心，这精巧的雪花出自谁的巧手？又是谁把它从空中撒下？我手中的雪花，白得透明，慢慢化了。我猛然想起妈妈的乳汁，也是这样洁白！我来到这个大千世界里，最先给我生命力的，就是妈妈的乳汁；最先给我温暖的，是妈妈的爱。一想到这里，心里暖暖的，雪依旧下着，却不觉得冷……

我一步步走在雪上，身后的脚印好似跳动的音符，又像雪白纸片上写着的书法……此时，我的心像被洗过一样透明、纯净。

我用手捧起一团雪，不多会儿雪花融化在我的指缝间，滴答、滴答地落在地上。过了这个冬天，雪化的地方就会长出红的花、绿的草、翠的藤，雪痕上就会印出五彩的春光。

（指导教师：方晓明）

第六部分　天外的精灵

残 月

王颖超

在一个灿烂的岁月里，在一个干燥的季节里，望月似乎是一种享受。即便残月，亦是如此。

今天晚上，天空中又出现了残月，整晚的。整轮明月是一晚没回，整晚的残月，在天空中辉映着大地。

残月，她不是寂寞的。至少有满天的星星在与她共舞，至少有人们的心在为她奏响着一支悠扬的心谣。那是一个多么热闹的天堂呀！残月，她的生活并不残，人们给她的温暖与关怀并不残。

残月，她不是悲伤的。你看，她那脸颊上还未有泪水"洗礼"过的痕迹，她一直都与我们尽情地游戏世界，尽情地歌唱未来，尽情地高谈人生。不是吗？她的脸上每天都有微笑，从不因自己身体的残缺而伤心。残月，她的心灵并不残，她对世间美好生活的欲望并不残。

残月，她不是丑陋的。你瞧瞧，她一身洁白如玉，她有一双勤快的手，她还有一颗善良的心在闪闪发光。那是美丽的，是身体的残缺创造了这种美丽啊！残月，她的真善美并不残，她对世界与生活的热爱并不残。

残月，她永远是坚强的，她不会因为自己身体的残缺而随意跌倒，更不会因此而使心灵受到创伤。她会争取被别人认可，她是一颗月亮，一颗闪闪发光的月亮。但她却不刻意去追求圆满，她知道每个人都有自己特有的美丽和快乐……

（指导教师：范小英）

雪　花

韩启鸿

雪花是世界上开得最高最美的花朵。

她绽放于九天之上，是碧空之仙女，苍穹之公主，宇宙之天使。

一旦雪花飘飘悠悠地洒向大地，轻轻盈盈地滑落，便如女儿一般紧紧地贴着大地，尽情地享受圣洁的母爱。她的下落不仅是生命的升华，更是包容万物的一种气度。她覆盖山脉和莽原，便有"山舞银蛇，原驰蜡象"的宏大气象；她覆盖树木、森林，便有了"千树万树梨花开"的神奇风光；她覆盖田野，便有了"万亩麦田雪中青"的勃勃生机。她于覆盖中随物赋形，形似一切，更神似一切，以个体的最小变化实现整体的最大变化，突出了他物并显示了自己。她静静地以大地之美为美，以人类之喜为喜。

雪花是百花中开得最朴素的。她慕春天之美而不嫌弃冬季的荒芜，大自然最朴素的时候，就是它开得最艳的时候。她默默地以自己的朴素装点大自然的美丽，以朴素的极致走向了绚丽迷人的世界，将生命的足迹延伸到了每一个角落。

每一朵雪花都有一颗至纯的童心。她开得不浮不躁，落得无声无息。她总喜欢随着夜幕降临，在人们的睡梦中让世界改变模样，令大地鹤发童颜，给人以意外的惊喜，唤醒芸芸众生的颗颗童心。

雪花是世界上开得最短暂的花。她总是在寒冷的时候降临，温暖的时候离去。有时甚至一落地即消融，一刹那就是一生，而生命却在一瞬间变成永恒。

雪花又是世界上开得最长久的花。在北方和高原的许多地域，冬季有多长，雪花的生命就有多长；山峰活了多少年，她就开了多少年。

我总觉得，在那一座座积雪千年不化的雪峰之巅，不知有多少雪花见过盘古开天辟地的壮举，见过远古人类走出洞穴和森林的身影，见过炎黄走向华夏文明的足迹，见过汉时明月、大唐的太阳，见过我们中华民族的屈辱、坎坷与辉煌。

我还觉得，雪花依旧开在我们民族起步的源头，依旧开在神话和诗歌里，也必将在我们民族辉煌的未来大放异彩！

（指导教师：李斌）

迷人的月

王成瑞

夜，静悄悄的。我坐在窗前，等待着月亮升起。

看，那带着一圈金环儿的月亮，终于从山后升起来了！月亮先是金黄金黄的，徐徐地穿过一缕缕轻烟似的白云，向上，再向上升着。突然，月儿的颜色变浅了，它高高地升了起来。它那圆圆的脸上，挂着温和的笑容，静静地望着大地。

几朵银灰色的、薄薄的云绕在它的身旁，宛如仙女舞动薄纱翩翩起舞。

月光如水，静静地撒在大地上，给大地披上了银灰色的纱裙。远处的山村好像笼罩着一层薄薄的银纱。一排排苍翠的树木依稀可见，在皎洁柔和的月光下，几只夜游的小鸟轻轻地跳动着，偶尔还发出几声"啾啾"的叫声。月光洒在开满了各式各样花儿的花坛里，给花仙子罩了一层神秘的面纱，微风吹来，飘舞飞香。花坛的倒影，恰似一幅绮丽的图画，黑幽幽、静幽幽。啊！这就是那种梦幻般的美吧。

月，好似一个变化无常的婴儿，时而绷着又胖又圆的小脸，像是生了气；时而弯着小嘴，乐呵呵地笑。

月，又好似一个顽皮的孩子，常和星星捉迷藏。有时它躲在树梢后，有时它躲在险峻的山岭下，有时它躲在云层里……星星总也找不到它。

啊！我爱这迷人的月亮。

（指导教师：李远志）

121

第六部分 天外的精灵

情系秋雨

曾诗滢

也许是女孩的天性吧，我从小就喜欢痴痴地望着蒙蒙细雨……

下午我正在窗前写作业，一股秋透过纱窗窜了进来，很凉，还带着一点湿润。于是，我收起作业，想尽情领略秋雨带给我的快乐。我眯起眼睛，翘首仰望天空，似乎什么都没有。我又低头看看窗户，只见玻璃上不断增加着一个个小水点。哦，我知道：秋雨来了。

一会儿，地上就不再是一个个的小圆点了，而是闪亮的一块一块光斑，继而又汇成闪亮的一大片一大片……再也找不到一块干地了，只听见窗外传来哗哗的雨声。从这雨声中，不难听出，雨点很大、很重。它们击在路面上，溅起了皇冠似的朵朵雨花，然后迅速消失，紧接着又有千万朵雨花飞溅开来……

耳边尽是雨声，一串串又密又急的雨点儿在眼前织成了雨帘，白晃晃的。雨线不住地往下落，风、土、雨混在一处，连成一片；横着、竖着，灰茫茫、冷飕飕的，一切东西都被裹在里面……此时，窗外的雨响成一片，地上的水花开成一片，而我的心里则美成一片……

窗外的雨渐渐小了，落下来的雨点也渐渐轻了，眼前的雨帘和水花也慢慢消失了，取而代之的是那属于梦的、充满诗意的蒙蒙细雨，整个城市便笼罩在一片茫茫的雨雾之中。那雨，比落叶还要轻，比针尖还要细，一串串，一缕缕，轻轻落在街上，落在人们的脸上，迷迷茫茫，悄无声息，随风飘荡……

这就是雨，富有戏剧性变化的雨。

（指导教师：胡晓琳）

雾里看花

钱起航

　　雾，把眼前的一切都掩盖住了，模模糊糊，一大片，一抹黄，又是一抹绿。我大口大口地呼吸着这甜润的空气，心里涌起一股凉凉的感觉，真舒服。什么东西都沐浴在雾中，什么都看不清楚。走近仔细一看，油菜花和麦苗上挂着晶莹的露珠，像是一颗颗钻石镶嵌在叶片上、花瓣上。一块地黄，一块地绿，像是春姑娘的花手绢儿掉在大地上。

　　过了一会儿，浓雾变淡了，一切又像披着轻纱。这下，油菜花更黄了，显得更娇弱了。有的花含苞待放，有的开得很灿烂。麦苗绿油油的，麦田里还散落着几株油菜花，绿中夹黄，星星点点的，真好看。看着太阳，也隐隐约约的，发不出光芒，像一轮红红的月亮。

　　渐渐地，雾退去，黄灿灿的油菜花黄得耀眼，变成金黄色的了。绿油油的麦苗上面的露珠，也亮晶晶的。太阳发出了刺眼的光芒，真美呀！美得自然，美得让人陶醉。眼前的一切，显得生机勃勃。你听，蜜蜂在菜花中唱着"嗡嗡嗡"，鸟儿在天空中哼着"啾啾啾"，油菜花在微风中吟着"沙沙沙"，小河在为它们伴奏着"哗啦啦"。

123

　　天地万物，全都在唱着春的赞歌。

（指导教师：温昆宁）

霞

傅清尧

霞是天空中最美丽的景致，她是阳光和云彩合成的产物。云就像是霞的身体，霞赋予了她们千万种奇妙的姿态：如奔腾的江河大浪一般汹涌澎湃，又如绽放的鲜花一般优雅宁静；像轻盈的羽毛般温柔，又像母亲的脸庞一般美丽；拥有着万马奔腾的壮观，也拥有鹤立鸡群的骄傲与孤独……有一千朵霞就有一万种姿态，诉也诉不尽，道也道不完。而阳光就像是霞的内心，她赋予霞多种多样的性格：那如火般燃烧着的红色，体现出热情与活泼；那深深的粉色，流露出青春与活力；那绛紫的颜色，踏实而耐劳；而那最普遍的橙色，热烈而活泼，积极而乐观，更有着一股快乐的孩子气；那接近于黑的暗紫色，高贵而神秘的外表遮挡住了一颗不安的心……满天的霞，无边无际，热烈而壮丽，却也令人感受到凄美与惆怅。

清晨与傍晚，天上世界与人间世界交相辉映。这时，我希望自己化作一朵霞。那绝对是一种奇妙的姿态：她拥有刀般锐利的目光，拥有比苏格拉底更善辩的嘴，拥有比母亲更灵巧的手，还有一个比爱因斯坦更聪明的大脑……那也是一种绝对独特的色彩——她集合了各种色彩的精华——有白的纯真，灰的温和，黑的静谧，红的热情，橙的任性，粉的活力，黄的智慧，绿的生机，青的诚实，紫的幽婉以及褐的踏实。

漫天的霞又升了起来，望着她们，我百感交集。此时此刻，不知道你又是怎样的一朵霞呢？

（指导教师：温碧霞）

月 色

龚家宁

　　夕阳西下，黑暗渐渐地从四周漫了过来。黛蓝的天空中，挂着一轮银色的圆月。几朵纱一般轻盈的云儿飘过来，把月亮装饰得分外迷人，显得神秘莫测。一闪一闪的繁星围绕着月亮，仿佛在倾听一个古老而又深沉的美丽传说。

　　一阵风吹过，月下的荷塘上荡漾起轻微的波纹。皎洁的月光洒在荷塘里，那星星点点的荷塘上面，零星地点缀着些白的、粉的荷花。一片一片碧绿的荷叶，用它那油亮的翠绿，给这幅画增添了许多美丽。

　　那些荷花，犹如纯洁美丽的妙龄少女。有的含苞欲放，诗意中带点儿羞涩；有的才露出一点点花骨朵儿，静静地期待着；有的含笑怒放，释放着那股夜里才有的独特的气息，她们犹如亭亭少女张开了舞裙，婀娜地跳着轻快的舞步。微风吹过，送来了缕缕清香，让人神清气爽！

125

　　我默默地伫立着，任大脑在美中陶醉，任心潮在美中起伏。我曾经欣赏过莫奈的《日出·印象》，曾经领略过普托拉斯的《晌午河边》，也曾享受过达·芬奇的《蒙娜丽莎》的微笑……但，这幅《荷塘月色》，一抹蓝，一抹绿，一抹红，酣畅淋漓，尽情泼洒，她是一幅没有丝毫雕琢和修饰的画。

　　　　　　　　　　　　　　　　　（指导教师：李帅）

第六部分　天外的精灵

酣畅的暴雨

云世奇

下午，忽然乌云漫空，灰蒙蒙的，仿佛天要塌下来似的。大地被晒得发烫。燕子飞得低低的，蚂蚁们正匆匆忙忙地搬家，蝉们起劲地喊着："热死了！热死了！"人们像是在一个大蒸笼里，闷热难耐。不少男孩子光着脊背，穿着短裤，仍汗津津的。

突然，一股强劲的大风"呼"地席卷而来。霎时，空中，五颜六色的塑料袋鼓胀胀地挺起肚子，随风翻飞，好不自在；地上，树木疯狂地伸展枝条，左右飘荡，无限潇洒。风越刮越大，呜呜作响，像鬼怪成群结队地涌来。家家户户的门窗被风吹得声响不断。天地间尘土飞扬，如大兵压阵。

几道紫色的电光在空中急速闪过，接着就是一串由远而近的闷雷。闷雷刚过，黄豆大的雨点便从半空中狠狠砸下，在泥土上溅起点点烟尘，空气中顷刻便充满了不浓不淡的土腥味。随后，"轰隆隆"的雷声接连响起，震耳欲聋。不大一会儿，倾盆大雨从天而降，"哗哗哗"响个不停。雷公继续发威，惊天动地，猛烈的闪电把天空撕开一道道口子，闪耀登场，让躲在屋子里的人也有点心惊肉跳。雨也跟着起哄，越下越大，像天河决了口一样，铺天盖地而来，天地间白茫茫一片。雨线被大风一刮，时而四处乱撞，时而又成了雨雾漫空飞旋，好不得意。雨打在对面屋顶上，溅起朵朵水花，生出一片烟雾。房檐早已垂下了线帘，雨水从瓦沿跌落，在檐下的水洼里砸起一个个晶亮的"玻璃罩"。"玻璃罩"水泡瞬间便被击破，转眼又死而复生。

这暴雨真暴。雨点劈头盖脸地向窗玻璃打来，把窗玻璃打得呻吟不断，泪花纷纷，面容都模糊了。庭院早就变成了一片灰白色的水塘。风一吹，水纹重叠，波光粼粼。碎纸、树叶浮在水面上，急不可耐地向过道旁的下水道冲过去。这时，爸爸喊道："屋漏了！屋漏了！"

我赶紧寻找盆呀罐的"迎接"房顶上出现的不速之客。于是房内也"叮

巧克力的味道

叮当当"地奏起了交响乐。

妈妈又喊道："院子都成湖了，可能下水道堵了。"见雨势稍小了点儿，我和爸爸忙又穿好雨衣雨靴，拿着长竹竿，去疏通下水道……

风仍然呼呼地刮着，雨依旧哗哗地下着。街道上白花花的全是水，简直成了一条"地上河"。房屋和树木都模糊在雨雾里，天地间雄浑了许多。

好一场酣畅淋漓的暴雨，真酷！

（指导教师：郝爱香）

127

爱雪，所以爱冬天

刘萌萌

爱雪，因为她使我想到很多很多。

捧一杯热奶，披一件大衣，让头发自然地散在肩上。下雪时，我总爱这样坐在窗边望着这雪出神。雪，让这肃杀的冬天多了一份让人舒适的恬静，把这灯红酒绿的世界漂洗为一片银白，让人眼前一亮，心也宽松了许多、许多……

这时，不用去想还有多少作业要完成，也不会想到有多好看的连续剧正在播放。望着雪，耳边竟响起了清脆的铃声。我不自觉地想到了那个穿得笨笨的厚厚的红色大氅的圣诞老人正背着一个圆滚滚的袋子爬烟囱呢。白雪公主也应该就是在这样一个飘着雪的日子出生的吧？也许现在他们正在林子里捉迷藏呢！……这就是我爱雪的原因，她是最棒的童话师，弹拨着我的童心与幻想。使我在不自觉中提起嘴角，浅浅地笑了。

128

爱雪，因为她使我无拘无束。

望一会儿脖子累了，我就会走出门去，站在雪地当中。热情的雪精灵就会纷纷扬扬地沾在我的发丝上；落在我的睫毛间；吻在我的脸颊上；有的还会调皮地钻进我的衣领里，融化在我的脖颈里。我会情不自禁地打个寒噤："哎呀，好凉呀！"

有时，我还喜欢看着它们随着风旋转飞舞；喜欢她们在我张开的双臂和被风吹起的发丝间缠绵；喜欢雪化后落在嘴里清清凉凉的味道；更喜欢雪精灵无拘无束、快乐和逍遥。……这就是我爱雪的原因，她们用自由肆意的飞舞占据我的全部视野。她们那样飞舞着，翻转着，飘洒着，自由着。雪让我明白：心的自由，是谁也禁锢不了的。

在雪地里跑几圈吧！把自己也变成一个雪精灵，那是何等的潇洒。在雪地里打几个滚儿吧！把自己变成一个雪娃娃，和大雪融为一体，世界将变得无牵无挂。在雪地里跳支舞吧！和雪精灵一起舞动腰肢，给雪的世界带来活力和希望。

爱雪，所以更爱冬天；爱雪，所以更爱自由；爱雪，所以更爱生命的伟大……

（指导教师：杨晨）

第六部分　天外的精灵

浓霜的早晨

丁文范

一天傍晚，寒风刺骨，我知道第二天又是一个浓霜的天气。

第二天，天刚蒙蒙亮，妈妈就起床了。她穿好衣服，开了点窗户向外一望，看到地上、屋顶上都是白茫茫的，就对奶奶说："好厚的霜啊，太冷了，你睡吧，今天就不要去做工了。"我想早点起来读书、背诵课文，但头探出来一下，觉得很冷，又缩回被窝里了。

我终于起床了，到户外去活动活动。我在路上溜达，看到水田里的水结了冰。我捡块小石子往冰上一扔，小石子"嗒嗒嗒"弹跳几下，还溜了几米远。水田边是一片菜地，菜地里的十几棵芋头昨天还生长得那么茁壮，挺着腰，张着宽阔的叶子，现在却半卷着，像被火烤焦似的耷拉下来。我从水田里敲下一块冰，放在路上，右脚踩在冰块上，左脚一蹬，连人带冰滑出去好远。哈，真好玩。

130

我回到家里，看见弟弟正在把脸盆里的那块冰挖出来。他又用稻草往这块冰的中央吹气，吹出一个窟窿来，用包装袋穿着，提起来像一面锣。他可高兴啦，提着锣边敲边跑来跑去。邻居阿牛哥更有趣了，他正在吃一根冰棒，我问他哪儿来的冰棒吃，他说："自己做的呗。我昨天就知道今天的天气。我用一只酒杯装上凉开水，加上一些糖，再放进一根小竹签，放在窗台上。今早去看就制成一根冰棒了。"我非常羡慕，也想去做一根冰棒来吃。

吃过早饭，弟弟提着那面"锣"，一路上嘻嘻哈哈，和我一起上学去了。

（指导教师：薛锦）

第七部分

伯父的竹艺馆

　　当春姑娘沙沙的脚步声接近时，桃树下的小草也偷偷地从土里钻了出来，在微风的吹拂下轻盈舞动，组合成一块碧绿的绒毯。

——杨兆升《桃林》

伯父的竹艺馆

欧文彦

伯父的竹艺馆坐落在雷山寺左侧。在翠竹绿树的掩映下，古色古香，玲珑别致。我们走进院落，伯父早已笑迎出来。寒暄片刻，伯父就带我们去参观他的竹艺馆。

馆内约三间见宽，错落有致地陈列着伯父几年来的近百件佳作，显得古朴典雅。雕像大都采用"天人合一"的艺术创作手法，根据竹根的天然姿态，连根带须，雕刻成各类人物、佛像、动物等，形象生动，惟妙惟肖。那张飞豹头环眼，犹如铁铸的脸容，散发着一股慑人的气势！那弥勒面型丰满，慈眉善目，袒胸露乳，神态悠闲安详。更妙的是美女西施：面如芙蓉眉如柳，娇柔妩媚，顾盼生辉。

伯父轻轻戳我一下，说："看那边！"我顺着他的手指往前看，只见一竹根上雕着位蓬头垢面、臂膀遒劲的老汉，正专心致志埋头劳作，脚边零乱散着几根竹竿。整个雕刻线条粗犷，神态逼真，呼之欲出。

多么熟悉的动作！多么熟悉的身影！多么熟悉的情景！我的心不由一颤："是给爷爷的雕像吗？"

"是！"伯父凝重地点点头。

我轻轻捧起这座根雕，看着看着，泪水模糊了，那勤劳慈爱、一生爱竹的爷爷仿佛又回到了我的身边。伯父用根雕记录了爷爷的往昔生活，留住了我们对他老人家的切切思念。

走出竹艺馆，已是晚上，竹影婆娑，水月相映，清风自竹林深处徐徐而来。

（指导教师：欧如成）

富 竹

岳桥山

我家有两棵富竹。这两棵富竹长得秀丽挺拔，青翠欲滴。它们把身子挺得直直的，好似要炫耀自己一番。风乍起，叶子沙沙作响，那声音听上去十分清脆，"沙——沙沙——沙沙沙"，多么美妙的竹叶交响曲，真不赖！

这些树叶的顶端都被剪过。问了妈妈才知道，原来，这是因为它们长得不好才剪去的。听了这话，我有点儿为富竹鸣不平，这么一个个活泼的"小脑袋"就这样被"咔嚓"剪掉了，真可惜！可富竹却表现出满不在乎的样子，风吹过，它仍然轻轻晃动，悠哉游哉地搞联欢会。这时，我才觉得自己的担心是多余的，心想："真是的，这真是皇上不急太监急，我在这瞎掺和什么呀！"

富竹的枝干十分有趣，它枝干细瘦，像火柴棒似的，弱不禁风的样子，枝干的两边长有对称的齿形的东西，如同牙齿一样锋利，摸上去粗糙得很。

133

富竹是个调皮的小家伙，有一次我吃饭的时候，它用那调皮的枝叶在我后脑勺上呼呼地上下晃动，把我弄得痒兮兮的，我还以为是一只小苍蝇在玩弄我呢，便大声地喊道："哪来的糟苍蝇。"结果把大家逗得前仰后合，真是丢尽了脸面，气死我了。

富竹的作用也不少，它摆在家里的客厅中，能使人神清气爽，心旷神怡。

富竹给我们快乐，因此也得到了如此好听的名字。

（指导教师：刘宝乐）

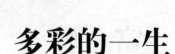

多彩的一生

毛羽新

辣椒是我们邵阳的特产，我最爱家乡的辣椒了。

每当细雨如丝的春天，一棵棵俊俏的辣椒苗便悄悄地从土里钻出来。它们贪婪地吮吸着春天的甘露，舒展着嫩绿的叶片，一片片两头稍尖的叶子在雨雾中欢笑着。

时令到了6月，茁壮的辣椒枝上吊满了辣椒。辣椒形状各异，有的尖尖的，与中指一般大小；有的圆鼓鼓的，像灯笼；有的弯弯的，上头大，下头小，像牛角；还有的辣椒与众不同，呈等腰三角形。远远望去，一串串辣椒活像一群稚气未脱的顽童在像我们打招呼呢！

辣椒的童年是青色的，到壮年时成了青红相间的，老了却变成深红的了。辣椒的一生可真是多彩的一生。

还在辣椒呈青色的时候，我们用它爆炒猪肉丝、牛肉丝和鲜鱼……嗨，胜过山珍海味，叫人越吃越想吃。等辣椒红了，那就更加有味道了，它不但含有丰富的维生素，拌点姜葱，还是治感冒祛寒气的好东西。哦，忘了介绍正当壮年的青红辣椒，它呀，是辣椒家族中最时髦的一员，也是辣椒家族中辣劲最厉害的一位。如果你吃青红辣椒的时候，忘记把辣椒籽挖掉，那种教训保你一辈子都不会忘记。

记得有一次，爸爸做了一盘青红辣椒鲤鱼，我看见后，馋得口水都流下来了。好不容易等到吃饭，我一阵猛吃，辣椒鲤鱼一块儿往口里塞。饭后不久，我的肚子疼痛难忍，连妈妈推荐的专治肚子疼的妙药——风油精也对它无能为力。直到后来我才知道，原来是粗心的爸爸忘记把辣椒籽挖掉。

尽管这样，我还是喜欢它。因为我一餐不吃辣椒，食量就会减少。

辣椒虽然没有人参燕窝那样珍贵，但它花样繁多，它可以被制成辣椒酱、辣椒油、辣椒粉……

去年，爸爸带我到省城走亲戚，在商店，我看到一瓶瓶绯红的辣椒酱上还印着"邵阳制造"的黑字呢。

爸爸说："这有什么奇怪的，咱们家乡的辣椒还出口到国外呢。"

啊！真没想到家乡的辣椒还这样有名。

你说，我还有什么理由不爱家乡的辣椒呢？

（指导教师：林白洁）

135

第七部分 伯父的竹艺馆

橘　子

钟浩波

每到橘子上市的季节，妈妈总会给我买，因为她知道我最喜欢吃橘子了。

现在，正是金秋时节，是橘子收获的季节。我望着放在水果盘里的橘子，它那圆圆的、金黄色的身体，光彩动人。闻着诱人的香味，我的口水都要流出来了。我剥开橘子黄澄澄的外衣，里面的橘络就像一张网包围着果肉。撕开橘络，露出的果肉一瓣瓣的，吃起来酸甜可口。橘子的营养非常丰富，含有维他命C，可以使人的身体增强抵抗力，防止坏血病。橘子还有很多用处，比如：橘络和皮都可以制成药品，有治疗消化不良、顺气的作用。橘子皮还可以美容，把它贴在脸上，可以保护皮肤。橘子真是不可多得的好东西。

我喜欢橘子，源于我小时候。有一次，我生病了，在医院打吊针，妈妈单位的同事来探望我，带来了她的家乡特产——袖珍橘子。我特别好奇，望着那小巧玲珑的金黄色的东西，问阿姨："这是什么水果？"阿姨笑着说："这也是橘子，是科学嫁接出来的新品种，又好看，又好吃，你尝了就知道了。"我吃了一个又一个，病好像一下子就好了很多。从此，我就爱吃橘子了。

有时，我常想，要是我家能种橘子就好了，那样我就可以给它浇水、施肥，享受橘子收获的喜悦了。

（指导教师：陆静江）

桃　林

杨兆升

　　我家门前有几株桃树，可说是一片小小的桃林吧。它就像一位温情的母亲，奉献出甜美的果实让我们解馋；它又如同那年轻的伙伴，给我们留下无穷的回忆。

　　当春姑娘沙沙的脚步声接近时，桃树下的小草也偷偷地从土里钻了出来，在微风的吹拂下轻盈舞动，组合成一块碧绿的绒毯。桃树贪婪地吮吸着春天甘甜的露珠。树枝上抽出嫩芽儿，好似用绿色的翡翠装饰起来的圣诞树。桃树开花了，那粉红色的花朵竞相争艳，就像一个个胖娃娃向我们张开笑脸，把我们带入了一片花的世界。好一派迷人的景象。

　　桃林为我们提供了一块自由的天地。我和小伙伴们在这块土地里追逐嬉闹、听故事、做作业……细雨蒙蒙地下，桃树撑开碧绿的大伞，舒展着巨大的身躯。我们在桃树下托着脑袋，静静地望着这个奇丽的世界，做着自己香甜的梦……

　　夏天，暴烈的太阳照耀着大地，桃树上缀满了小青桃儿，渐渐地，它们越长越大，变得青里透红。桃子就要成熟了。它们躲在万绿丛中探出小脑袋，向我们张着笑脸。它们笑红了脸蛋，笑弯了枝头。在这炎热的夏季里，我和小伙伴们纷纷登上枝头或者找来竹竿，打落几颗，咬一口，脆嫩酸甜，好吃极了。

　　冬天到了，雪花飘飞，大地一片洁白，桃林也镶上了白玉边。我们在桃树下堆雪人、打雪仗、捉迷藏，喊声、笑声响彻这块天地。

　　小小的桃林，留下我们的欢声笑语，给我们的生活增添了无穷的乐趣。我爱我的桃林。

（指导教师：洪方毅）

我爱家乡的芦柑

田思雨

我的家乡在德化县龙门滩镇，这里盛产芦柑，我最喜欢吃芦柑了。

细雨如丝，芦柑树贪婪地吮吸着春天的甘露，长出新的枝叶，每一条新枝上都孕育着一簇簇的花蕾。几阵春雨过后，叶片渐渐长大，绿得逼你的眼。

初夏，芦柑树长得郁郁葱葱，雪白雪白的芦柑花开了，香味飘得满山满村都是。花谢以后，枝头上便挂满了豆粒大的小芦柑，像一颗颗绿色的玛瑙。到了夏至季节，小芦柑已有乒乓球大小了，农民都在芦柑林里忙着除草、施肥、灭虫。

金秋十月，一棵棵树上挂满了黄澄澄的芦柑，它们有的像一群调皮的孩子，三五个挤在一团，压得枝条弯下了腰；有的爬上高高的枝头，让太阳公公晒红了脸；有的像害羞的小姑娘，躲在叶子后面。摘下一个黄里透红的芦柑，剥开皮，便露出橙黄色的柑瓤，那瓣儿就像弯弯的月牙，它们犹如几个亲兄弟刚刚团圆似的紧紧拥抱着。取出一瓣放进嘴里轻轻一咬，甘甜的果汁沁人心脾。

大清早，村里的媳妇和姑娘们挑着箩筐，带着小剪刀来到芦柑林里收剪果实，她们欢笑着，议论着今年谁家的收成好。小伙子们骑着摩托车，把一筐筐的芦柑运下山。老人们则是坐在一筐筐的芦柑旁边，分类挑拣。仔细一算，一棵果树一年能收获两千多千克的芦柑呢，乐得大伙儿合不拢嘴。

秋去冬来，家乡的芦柑被一箱箱地选装好，搬上了车，运往各地。而家乡人民的日子过得一年比一年红火。

（指导教师：李建华）

138

古榕群

武晓轩

古榕群是侗寨一个美丽的大公园，它有着"天下第一侗寨"的美誉。

来到古榕群，首先映入眼帘的是白墙红瓦的围墙。门上，雕刻着"天下第一侗寨寨门"八个金黄色的大字。进入寨门，就来到了长廊。长廊由红色的柱子、栏杆和琉璃瓦屋顶组成，四周画着一幅幅富有侗族风俗的五彩画。走完长廊，就来到高达二十一层的古楼，古楼四周立着雕刻有各种图案的石碑。

古榕群因榕树而得名。瞧，河岸上那一棵棵高大茂盛的榕树，就像一个个威武的士兵，保卫着家乡。这里的榕树形态万千、姿态优美，有的像一把撑开的绿绒大伞，有的像一个小蘑菇……它们舒展着巨臂，犹如亲姐妹一样，肩并着肩，手拉着手。有的树根绕着树身向上延伸，还有的榕树经过几次大洪水的威胁，树底已被大水冲成了几个大洞，成了小朋友的乐园。那些被洪水冲得伤痕累累的树根，依然向着远处延伸。还有的榕树的树根盘绕成小动物的形状，这也算是古榕树群中的怪景之一吧！

榕树不仅姿态优美，它还有着顽强的生命力。它总是努力地把根伸得远远的，以吸取足够的水分和养料。它的根密密地排布在河岸上，一动也不动，形成了一道坚不可摧的拦河坝，任凭河水凶猛地冲刷，它总是紧紧地抱住泥土，决不让泥土流失。生长了十年、五十年，甚至上百年的榕树，一年要经受多少次洪水的威胁，经受多少天烈日的暴晒呀！但它仍然在贫瘠的河岸上生长着，仍然以郁郁葱葱的身姿美化着古榕群，美化着侗寨。榕树以其动人的形象，让那些心高气盛的外国人赞叹不已，他们游览古榕群后，都会汗颜地说一声："Very nice！"

古榕群不仅榕树美，河沿上那一座座富有侗寨乡情的山庄、河上的竹筏小舟，还有河面上的石桥，也是古榕群中一处美丽的景色。每当游客们来到古榕群时，都不会错过坐竹筏小舟的机会。他们坐在船上，细细品味着古榕群的水上风光，被古榕群美丽的景色深深地陶醉了。

我爱家乡的古榕群，更爱古榕群中的榕树。

（指导教师：陈惠君）

戈壁红柳

韩丽娜

秋天到了，我和几个同学相约到野外去寻找秋天。

我们一路走，一路看，却怎么也看不到书上写的那些情景。我们没看到城市里秋天那种美丽的画面，也没看到田野里秋天那种丰收的景象。但是，我们却看到了另一种独特风景：那就是漫山遍野的红柳。

红柳，春天泛青，冬天枯萎。它的树干是暗红色的，叶片的形状有点像松树的叶子。颜色开始是淡绿色，随着天气的变化，慢慢地变成了淡红色——一般都是先从树梢变，渐渐地，整个树像是披上一层薄薄的粉红色的纱巾一样。特别是到了秋天，那种红色就更加凝重、深沉。老远望去，一片红光，若不仔细看，还以为是在戈壁滩上见到了世外桃源呢！

听说红柳的生命力很强，它耐寒、又耐旱。沙漠里很缺水，而且一年四季，大风呼呼地刮，但是不管环境怎样恶劣，它还是顽强地活着。

红柳，是一种风景，也是一种力量。看到它，我们又像看到了长年累月生活在戈壁滩上辛勤工作的叔叔阿姨们。他们为了祖国的航天事业，默默地奉献着。他们不就是一棵一棵红柳吗？

作为他们的儿女，我们也应该像他们一样，发扬红柳精神，好好学习、掌握本领，长大后为祖国的航天事业增光添彩。

（指导教师：高国军）

第七部分 伯父的竹艺馆

山菊花，那片山菊花

邵伟杰

我对大山有着一种特殊的情感，因为儿时的我跟着奶奶住在乡下，与大山结缘，与溪水作伴。绿绿的山林中，清清的小溪边，到处都留下了我的欢声笑语。如今，我已经离开了大山，但那幽幽的山菊花却还深深地印在我的心里。

那时还是小丫头的我，就每天跟着奶奶上山。山上遍地是绿草和野花。那时的我欣喜极了，这儿摘一朵，那儿采一串。偶尔会看到几朵黄色或白色的小花，极不起眼地长在草丛中。我仰起头，问奶奶："这是什么花？怎么这么小？"奶奶抚摸着我的小脑瓜，说："这是山菊花，它虽然很小，可作用大着呢！"我不解地摇摇头。心里想，这么点小花，能有什么作用呢？但事实很快向我解释了这一切。

连续好几天，我感冒上火，难受极了。奶奶递给我一杯水，说："好孩子，喝吧，这可以泻火。"我接过杯子，喝了一口，啊，这是一种多么熟悉的味道，那么清新！我顿时觉得舒服了很多。奶奶坐下来，轻轻地对我说："这水就是用山菊花泡的，用它泻火，可管用了。"真的，过了几天，我竟好了，又可以蹦蹦跳跳了。噢，原来这就是山菊花，我终于明白了，怪不得奶奶说它作用大。

现在，我与大山分别已有几年了，虽然有时还会回家乡，但来去匆匆，没空上山，也没再见过山菊花。直到去年暑假，我才有机会在奶奶家小住一段时间。我又爬到了山上，望着久别重逢的大山，望着那漫山遍野的山菊花，我又想起童年的欢乐时光。

山菊花没有牡丹华丽，也没有玫瑰芳香，它默默地生长在草丛中，是那么不起眼，但它却是一剂良药，一剂清爽的良药。

现在，商店里的各种饮料应有尽有，可我依然想再尝一尝那清香的菊花茶；花店里各种花琳琅满目，但我还是想再看一看那幽幽的山菊花。

（指导教师：王慧芳）

生命常青于自立

侯俊岳

  我家门前有一排整齐的白杨树，高大挺拔。更有趣的是，我在树旁撒了一把牵牛花的种子，想不到来年春天，居然冒出了许多牵牛花小苗。在我好生看护下，牵牛花渐渐长大，它紧紧依附白杨树攀藤而长，郁郁葱葱地连成一片，开花时的美景更是一绝，成了家门口一道独特的风景线。

  冬去春来，年复一年，风景这边独好！

  白杨树越长越高，根基越来越大，因为挡周围房子的视线呀、树叶大量地落在瓦上等原因，引起邻里纠纷，为此，父亲请木工砍掉了这批白杨树和攀附在树上的牵牛花，我伤心地哭了。许多喜欢牵牛花的人也好声叹息，当场纷纷慨叹牵牛花如果能够独立生长该多好呀！那样就可以享受雨露的滋润，长生不息，而它却偏偏委身于树木，以至横遭砍伐。祸兮，福之所倚，福兮，祸之所伏。牵牛花的生命曾因依附于大树而熠熠生辉，又因依附于大树而遭杀身之祸，这是牵牛花的幸运与不幸。在它依附于大树高枕无忧攀援而上、步步登高时，它的郁郁葱葱受到世人的恭维与艳羡，而就在木工理所当然的砍伐中，牵牛花却无可奈何地赔上了自己的生命，这又怎能不让世人为之惋惜？

  趋炎附势、追慕容华是牵牛花悲剧的根源。只有深深地扎根，才能找到自己真正的生存价值。

  万物之灵长，应该懂得如何珍爱生命。自立自强，永远是生命之本，保持独立的人格方能使生命之树常青。依附他人，寄人篱下，即使一时博得锦衣玉食，也不能永享天年，富贵终身。一旦失去靠山，便会一损俱损。

（指导教师：胡家才）

143

第八部分

冬天里的春天

小草它并不强大，弱小的身躯任凭风雨肆虐，却依旧一身碧绿；小草它并不高贵，只要有泥土就能生存下来；它不和百花们争艳，不与大树们争吵，只是默默地站在低处，更低处……

——任倍乐《春天的使者》

冬天里的春天

肖佳玮

丰收的季节擦肩而过，寒冷的冬天向我们徐徐走来。没有了春天蓬勃的生机，没有了夏天炽热的阳光，没有了秋天那忙碌的场景，有的只是和寒冷抗争的生命。

没有了鸟鸣蝶飞的梅园成了我们在冬季寻找春天的去处。

寒风夹杂着微雨呼啸而来，冰冷的雨点打在脸上颇有寒意。走在梅园的小路上，头上往日绿阴似的紫藤现在仅存星星点点的绿叶迎着寒风生长。落光了头发的老树在风雨中摇摆不定，发出"吱吱"的呼喊。

又是一阵寒风吹来，使人渴盼春天早日到来。那时没有了寒冷，可以在这里呼吸新鲜空气，躺在长满鲜花的草地上沐浴阳光，那是何等的舒畅啊！

风再一次吹了过来，树枝沙沙地响着，放眼望去，在那不起眼的角落里，几棵小树挺立在寒风中，周围的草地依旧青绿，在草地中央，几株寒梅正跃跃欲试，迫不及待地想绽开它那美丽的花瓣。

我嘴角流露出一丝微笑。原来冬天并不是生命的终点，而是所有生命积蓄力量的极好时光。

寒风突起，想以最大的力量来阻止生命的延续。可它又失败了。寒梅根本无视它的存在，傲然挺立；绿树仍挺立在寒风中；小草虽然弱小，但它并不害怕寒冷，刚被寒风吹倒，马上又站立起来，坚强不屈地对抗着西北风。

望着这些情景，我仿佛又呼吸到了春天的气息。想想绿树、寒梅和小草的那种不畏严寒的精神，我们这些肩负着建设祖国未来的青少年应该怎样去面对人生的挫折呢？冬天的梅园不是给了我们极好的启示吗？

（指导教师：唐兴艳）

北方的春天

肖雅轩

立春象征着春天的开始。此时，祖国的南方早已是满地鲜花了，而与之遥隔万里的北方，依然是白雪皑皑。如果用春耕代表一年中的第一个季节，那么，北方的暮春应该在5月。

北方5月的天空是美丽的。这时的天空瓦蓝瓦蓝的，十分明朗。太阳升起来，起初是红的，后来变成红黄的了。当正午的时候你仰望天空，太阳的温柔是金黄，阳光暖暖地照着大地，蔚蓝的天空被涂上一层薄纱似的金粉，十分美丽。

北方5月的山是美丽的。这时的山绿绿的，山上长满了葱绿的树木，绿得郁郁葱葱，绿得生机盎然，简直成了绿色的海洋。

北方5月的田野更美。春天播种下的希望已经出现，给肥沃的黑土地披上了一层绿色的盛装。这时的大地早已苏醒，小草偷偷摸摸地钻出地面，发出了嫩芽，给田野披上了一件绿色的衣裳。各种各样叫不出名字的野花也竞相开放了，有红的，有黄的，有紫的……把绿色的田野点缀得更加美丽。蜜蜂飞来了，蝴蝶飞来了，它们在花丛中飞舞、嬉戏，尽情地享受着春天的无限乐趣。远处的稻田里，农民伯伯正在插秧，他们个个笑逐颜开，从那舒展开的眉头上不难看出，他们播下了希望的种子，仿佛看到了秋天丰收的景象。

北方的春天，北方的5月，一切都显得生机勃勃。蓝的天，绿的山，多彩的田野，构成了一幅天然的春满人间的画卷。

（指导教师：白如华）

147

第八部分 冬天里的春天

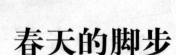

春天的脚步

陈珪珽

春天是淘气的，也是可爱的。

刚从冬爷爷的怀里挣脱出来，春就去了田野，他手里拿着颜料盒，把绿色给了大地，把黄色给了油菜花，把红色给了山茶花……

春天是温暖的，也是调皮的。

春来到了学校，同学们脱下厚重笨拙的棉衣，在操场上轻快地做游戏，跳皮筋，打篮球……

春天是悠闲的，也是快乐的。

春来到了文化广场，老爷爷、老奶奶正在散步，大哥哥、大姐姐正在滑旱冰，小朋友们正在放风筝，他们笑啊，跳啊，心里乐开了花。

春天经过了很多地方，他就像一位快乐的男孩，他来到哪里，哪里就充满快乐……

（指导教师：喻慧敏）

秋

谢雪嫣

孕育生机的冬雪，充满了希望的春花，燃烧着热情的绿叶……带着一丝对过去的留恋，一些对未来的向往，我的心融进了秋天金色的阳光。

秋天又是怎样的呢？

无数的文人墨客曾感叹过寒秋的凄凉，惋惜过飘摇的落叶，然而真正的秋天真的如此凄惨吗？

清晨推开门，一层薄雾遮蔽着秋的脸。揭开这神秘的面纱，我却不由得惊呆了，迎接我的竟是一片赫然金黄。

田野被染熟了，金黄的稻田坦荡如砥，秋风拂过，泛起一轮一轮的金波，在阳光下映出耀眼的颜色；果园被染透了，那晶莹光润的葡萄，那金黄的小灯笼似的柿子，那红了半边笑脸的苹果，都压弯了枝头，金风吹送着硕果的芬芳，甜到了农民的心里。"种瓜得瓜，种豆得豆"，秋天，是收获的季节。

树叶被染黄了，金蝶飞舞，翩翩而至，那灿烂的色彩仿佛是生命的沸点，让你无法相信这顶点之后是死亡；草儿被染黄了，似乎是用金丝编成的地毯，铺盖了漫山遍野。秋雨滋润着铺满黄叶金丝的大地，在无声无息中孕育着结实的骨骼。秋天，是更新的季节。

天被抬高了，地变宽广了，碧蓝的空中，掠过一群南去的大雁，传送着秋天信息。

望着眼前的一切，我难以把如此美好的秋天与"凄惋"、"惨淡"联系起来。或许是"少年不知愁滋味"吧，我不明白为什么有些人将秋天说成惨兮兮的。

我觉得秋天是如此的美丽，走过冬的孕育、春的萌发、夏的茁壮，凭着对生命的热爱，秋天是那么成熟、那么理智、那么富有诗意。

秋天比春天更加充实，比夏天更加深沉，比冬天更加丰富，我赞美秋天，它象征了成功，象征了丰满，象征了美好的明天。

（指导教师：梁彩霞）

春天的使者

任倍乐

　　有人喜欢娇艳的玫瑰，有人喜欢清香的百合，可我最喜欢那微不足道的小草！那野火烧不尽，春风吹又生，顽强拼搏的精神；那红花还须绿叶扶，默默无闻的品质。

　　春风拂过，春日融融。在春天美景的陪伴下，嫩嫩的草芽迫不及待地探出它那芽黄色的小脑袋，想看看这五彩缤纷的美丽世界，就像天真幼稚的孩童对万物的好奇。高大挺拔的树固然壮观，可它比不上小草的小巧玲珑；斗色争妍的花儿固然美丽，可它比不上小草的饱经风霜。瞧！一棵棵小草用它们那娇小的身姿，为大地增添了一道又一道美丽的图画，从而形成了一望无际的绿色海洋。而被春雨淋湿了全身的小草，另是一番美丽的风景，一滴滴晶莹剔透的水珠在阳光的照耀下闪闪发光，似乎在告诉人们："在春雨的沐浴下，我是如此舒服，如此享受。"春天是小草的乐园，是小草的世界。

　　阳光明媚的一个下午，我在小区下面与我的好朋友一起玩耍，突然，我看见有几个活泼可爱的小朋友在郁郁葱葱的小草地上面玩耍，他们是多么的天真，不知道自己把这片草地上的小草给踩折了腰，也不顾小草的感受。可这些顽强的小草为了让小朋友有一个快乐的童年，没有一点抱怨。

　　第二天早晨，我又来到了这片草地，可让我奇怪的是，明明昨天的它们已被那群天真的小朋友给踩折了腰，可今天为什么它们又变得抬头挺胸了呢？哦，顽强的生命力！

　　"野火烧不尽，春风吹又生"确实是小草的真实写照，不论气候多么恶劣，它都会用那弱小的身躯挺过一个又一个的严寒酷暑。看似平凡的小草却有不平凡的人生！小草它并不强大，弱小的身躯任凭风雨肆虐，却依旧一身碧绿；小草它并不高贵，只要有泥土就能生存下来；它不和百花们争艳，不与大树们争吵，只是默默地站在低处，更低处……

　　我最爱小草，爱它的生机勃勃，爱它不平凡的人生！因为我从小草的身上看到了一种不屈不挠的精神，不管遇到什么困难都要勇敢去面对，不要怕磕磕碰碰。人的一生谁没有挫折？摔倒了，站起来，抬头挺胸，望着前方走，美好的生活一定就在眼前。我爱你，春天的使者——小草。

（指导教师：黄玉霞）

151

第八部分　冬天里的春天

秋　思

方菁华

9月，秋如期而至。

感觉路边的树好孤寂，孤单单的树干独对天空。世界的颜色渐渐趋向单一，到处都是灰黄。树的皮肤变得干燥粗糙，无助的秋叶如伤心的眼泪，纷纷落向地面。望秋，难免长叹……

风肆虐，树欲倾。满天枯叶随风卷起，似乎要吞噬整个天空。残败的黄叶便是秋的象征么？枯叶仿佛惧怕这世上的一切，卷起它干裂的身子。叶面上黑褐色的洞犹如秋惊恐的双眼。也许吧，愁，愁不就是心上加了个秋么？看着无数枯叶即将被辗作粉尘，又一次长叹……

踏着厚厚的枯叶缓行，眼前忽然闪过一个红红的影子。惊讶地抬头，原来是一片枫叶！我眼前一亮。因为在这个灰色的季节里，很难见到这样绚丽的色彩。它看上去那样光滑，叶片很展，叶上一条条清晰的脉络让人感觉好像温热的血液在血管里流动。叶片的形状就像一对臂膀要拥抱天空，它闪亮的红色在这个季节里很耀眼，仿佛一个鲜活、顽强的生命。它不能改变秋的色调，却可以点缀秋天的背景。那跳跃的红点让人们体悟到生命的意义。

枯黄的败叶依然被风卷起，辗成碎末，然后不知葬于何处。但枫叶却依然灿烂着，似乎想彰显什么。

沉思，顿悟。我对秋又有了一个新的定义：如火般的生命！

9月，秋绚丽地到来……

（指导教师：严栩）

水晶童年

景冬阳

碧蓝的天空下，闪烁着繁星几点，那些久已尘封的回忆，又轻轻在脑海浮现，那些或陌生或熟悉的画面，又冷热不均地铺展在眼前。童年隔着无法穿越的时空隧道，在无法丈量的空谷中调皮地走来。

曾在书上看过一句话：童年，光着脚没鞋穿也快乐。当我从懵懂的年龄渐渐逃逸出来，呼吸着不一样的空气时，更深深地理解了这句话。想当年，和伙伴背靠背坐在田埂上眺望，是何等欢快！

那时的羊肠小道上，总有红红的太阳把我们的影子拽得老长，一直延伸到向往的地方。总有和煦的微风轻轻敲开心窗，让我们把心铺在空旷却不单调的田野上。总有婀娜的杨柳悄悄为我们带来点点潇洒，丝丝飞扬。

那时，我们常在林荫小道上倾听清脆悦耳的鸟鸣，常窥视路旁人家的墙壁上爬出来的长长的藤蔓，常坐在树下幻想夜晚星空中色彩斑斓的童话故事，常席地而坐仔细聆听周围杂草丛中蛐蛐的鸣叫，常凝视粉色的花瓣，看着它们一片一片地飘到清清的小河里……

就这样，在一次次的倾听、窥视、幻想、聆听、凝视中，我们踏着快乐的节拍，唱着动听的歌谣，长大了。童年如一幅镌刻在岁月长廊里的风景画，需要我们隔着时光的烟霭去抚摸，去品味。

我们长大了，童年渐行渐远，而童年的天真活泼，鼓励着我们去迎接更加美好的青春岁月。感谢美丽的童年，给了我们那么多永恒的记忆。我想，如果说有什么愿望的话，我希望，很久以后，我依旧能幸福地回味，那幸福的童年时代。

静夜思，驱不散，风声细碎云影乱；童年无价，一天清辉，霞影照入水晶帘！

（指导教师：成凯）

第八部分 冬天里的春天

冬天的清晨

赵晓倩

　　我的家离学校很近，不需要早起，因此不知道冬天的清晨是什么样。不过我想，除了寒冷之外，它应该是安宁而寂静的。本来嘛，大冷的天儿，谁愿意像夏天那样早起呢？再说，冬天就是因为安静才美的。后来，我家搬了，不得不早起，终于有机会去体味冬天的早晨了。

　　那天，我迎着晨风，走在去车站的路上。如果不是怕迟到，我才不愿起这么早呢。瞧，路上一个人也没有，陪伴我的只有身后那漆黑的影子。路灯孤零零地站在路旁，发出幽暗的光，天上的星星还有不少，月亮在向大地撒着银光。冷风直往脖里灌，好像不把我冻得打哆嗦，就不甘心。

　　走着走着，忽然看到前面的一家面馆里亮着灯。我很惊讶，连忙走了过去。只见里面有几个服务员，正在做上班前的准备工作，有的拿着抹布擦桌子，有的用拖布拖地，还有的在做炸油饼的准备。他们一个个精神抖擞，看不出一点疲倦的样子。我想：这也许只是静谧的晨曲中的一个跳跃的音符吧。

　　"轰轰轰轰"！这是什么声音？我很纳闷，连忙循着声音走过去，原来是一家工厂的厂房。透过大门，我看见车间里热火朝天，工人们正在机器旁紧张地工作着，没有人说笑，也没有人休息。这儿的工人怎么这么早就上班？

　　想着想着，车站到了，我连忙走进等车的人群。只见有的人拿着一本书，借路灯的灯光专心致志地看着，有的人在讨论着昨晚的新闻。车来了，我连忙上了车。嘀，车厢里的人们，各个神采奕奕。

　　难道冬天的清晨仅仅是静谧的吗？不，冬晨是充满活力，充满生机的。难道只有静谧的冬晨才美吗？不，这生机勃勃的冬晨也许更美。

（指导教师：常露尧）

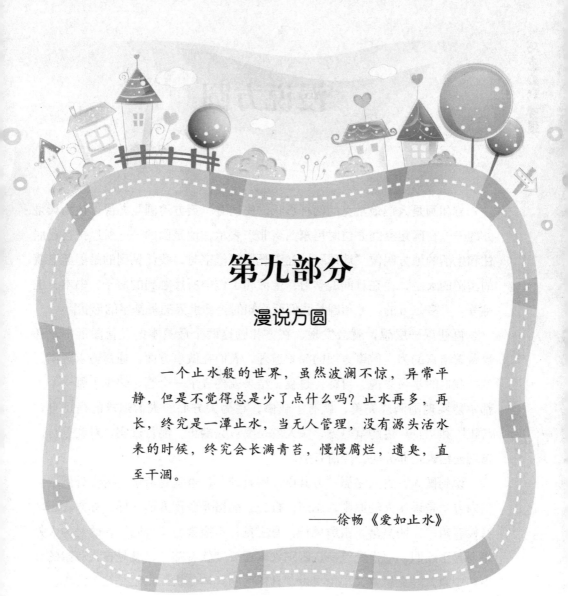

第九部分

漫说方圆

　　一个止水般的世界，虽然波澜不惊，异常平静，但是不觉得总是少了点什么吗？止水再多，再长，终究是一潭止水，当无人管理，没有源头活水来的时候，终究会长满青苔，慢慢腐烂，遗臭，直至干涸。

　　　　　　　　　　　——徐畅《爱如止水》

漫说方圆

赵忠凯

    方和圆是人们最常见的两种形状。民间有"天方地圆"之说，认为天是方的——在确定空间方位时用东西南北来表示，地是圆的——所以把自己居住和生活的地方叫做"地球"。在夜晚仰望星空时，我们见到的是湛蓝湛蓝的圆圆的天空，而在日间的学习、生活和工作中所接触到的房子、书本、电脑等，大多是方的。方和圆是我们所感知的外部世界的最基本的形状。

    再往深一层想，就会发现，在方和圆这两个最基本的几何图形中，还蕴藏着丰富的为人做事方面的深刻道理。人们在做事方面，通常追求圆满。就拿我们的学习来说，目标、过程、结果就构成了一个圆，缺少了哪一个，都不能实现圆满或完美，就有了缺憾。在为人方面，人们追求的是正直，"正"和"直"讲的就是方。做人就是要行为端正、品行诚实，对就是对，错就是错，是非分明，泾渭有别。

    说到做人，古人主张"方其中，圆其外"，也就是所谓"内方外圆"。"内方"是讲做人的原则，思想、行为、品格要像正方形一样，方方正正，有棱有角，光明磊落，雷厉风行，有主见，不拖沓。"外圆"讲的是为人处事要善于迂回，要讲究策略，跟别人沟通要"软着陆"，就是古人尊崇的和谐和中庸。马克思主义理论也讲"具体问题具体分析"，就是这个意思。一个人不能适应复杂的社会，就会把自己孤立起来，成为孤家寡人，那就什么事都做不成。这就是说，一个人在同别人交往的过程中，语言、行为、习惯等等应考虑其他人的特点和需求，就像一个圆，从圆心到各个点的距离都相等。可是也有些人不谙处事之道，常常表现为"外方内圆"。他的"外方"常常表现为对别人非常苛刻，小肚鸡肠，斤斤计较，睚眦必报，其"内圆"则是本性圆滑狡诈。这种人几乎不会有知心朋友，和他共事没有安全感。唐代诗人孟郊在《求友》中说："求友须在良，得良终相善。"意思就是结交朋友一定要结交好人，交得了好人就能永远亲密下去。

我们在为人处事中要正确地运用"方"和"圆"来做自己的准则，既要堂堂正正地做人，也要学会适应自然界和社会生活的变化，增强自己的适应能力和生存能力。只有这样，才能在未来的人生中把握自己，取得进步，做出成绩。

看来，简单的方和圆，对我们来说，蕴藏着多少深刻的道理啊！

（指导教师：张志刚）

第九部分 漫说方圆

爱如止水

徐　畅

在这个忙碌的城市里，有谁还记得当初爱的诺言，每个人都匆匆离去，本来的脱口而出的回家看看，变成了时间太紧，如果时间可以取代爱，那我们何苦为了爱而努力呢？

——题记

21世纪，人流涌动，燥热的是空气，冰冷的却是心灵，偌大的城市里竟然在流动的人群中找不到一点爱的气息，如同一潭止水，没有一丝波澜，在阳光下发亮却看不到底，那纸醉金迷的世界里，已没有最真挚的爱，心灵在虚空中漂浮在城市的上空，就算是爱情，也是金钱、权利、名誉，生活在名利场中，是谁荒废了谁一生的青春？曾经的理想也因为没有了爱的动力而荒废。记得《蜗居》里有一段话说过："我的未来就在当下，就在眼前。那天陪妈妈去逛街，其实我们都不用走，那个人流推着我们向前走，我想不走都不行，想停下都不行，我当时就笑了，我说这就是我们的生活，来不及细想，没有决断。就这样懵懵懂懂地被人推着往前走。而我青春年少时的理想，上哪儿去了呢？"

单纯的爱，纯净的爱，在这个世界里到了哪里去了？向日葵爱太阳，就算每天孤零零远远地看着太阳，也就足矣，面朝天空，"不是为了看到幻想，而是为了看到光明"，一辈子仰头远望，而太阳也是永远照着向日葵，互补互足，向日葵只会朝着太阳的方向生长，直到它枯萎的那天，也还是会朝着太阳的。这样单纯的爱，为什么已经成为一种华丽的奢求。"红豆生南国，春来发几枝？愿君多采撷，此物最相思。"一整个华丽的宇宙，换一颗真心的红豆，人与人之间的纷纷茫茫我们不懂，但是以前的温暖却成为一次次擦肩而过，那是多么悲哀。

拥挤的地铁里，吵闹的夜市里，奢华的步行街里，原本戏剧性的勾心斗角却在现实生活里出现，两个陌生人因为一次撞衫可以吵得不可开交，穿着一样的衣服，为什么不能想象成一次缘分？遇到熟悉的人为何不点点头相视一笑，而是漠然擦肩而过？或许，一个微笑就能解开一个心中的结，一句问候就能融化对方的心，如此简单的动作，为何被人遗忘至今……是我们都不够主动，还是刻意回避那些许的尴尬？曾经有一篇小故事让我感动至今，故事是这样讲的：一个小女孩，在城市中散步，见到一个愁眉苦脸的男人，小女孩出于天真和年幼，给了他一个甜甜的微笑，那男人的心豁然开朗，随后找到小女孩的地址，给她寄了一大笔钱。或许，现在这个世界的人看到的只是微笑过后的利益与好处，但我却看到了一个爱的微笑的力量，如同一缕清泉，注入人心间，解开一个人心中的迷惑与迷茫，既然如此有效，我们何乐而不为呢？

　　一个止水般的世界，虽然波澜不惊，异常平静，但是不觉得总是少了点什么吗？止水再多，再长，终究是一潭止水，当无人管理，没有源头活水来的时候，终究会长满青苔，慢慢腐烂，遗臭，直至干涸。爱宛如静静地相拥的河，蜿蜒而去直奔大海，清澈见底，潺潺的河水是否会比止水更打动心灵呢？我们用一点点爱，绘制成世界美好的蓝图，是不是更划算一些，更简便一些。人们互爱，不仅是一种良好的素养，更是一种精神，无规矩不成方圆，无爱则不能幸福，悉尼·史密斯曾说"To love and to loved is the greatest happiness of existence"（爱人和被人爱是人生最大的幸福）。如果有了爱，就有财富和成功，Let's Love，不为别的，只为城市和每一个人的幸福……

159

（指导教师：耿艳丽）

第九部分　漫说方圆

幻想的启迪

——读《绿山墙的安妮》有感

王雨薇

最近，姐姐送了我一本书——《绿山墙的安妮》，听姐姐说，这是一本感动上万个善良心灵的经典小说。于是，我一拿到手就迫不及待地读起来。

书中的主人公安妮长着一头红红的长发，伶俐的眼睛，可爱的雀斑，作者轻轻几笔就将一个可爱的女孩儿呈现在读者面前。她活泼好动，不拘小节，并因此干出了许多出乎意料而令人啼笑皆非的事情。

安妮是被马修与玛利亚兄妹从孤儿院里领养的女孩儿，虽然安妮从小失去父母，可是她并没有成为一个性格孤僻内向的小孩，而是整天沉浸在自己美丽的梦幻和想象中。这一个有着丰富想象力和夸张语言的小姑娘，给这一对兄妹带来了春天般的生机。

160

本文故事情节一波三折，引人入胜，马修和玛利亚兄妹对安妮发自肺腑的疼爱和无私的付出，感人至深，而安妮纯真善良、热爱生活、坚强乐观的形象更让人掩卷难忘，作者塑造了女主人公安妮阳光灿烂般美好的性格。她对周围的世界，对大自然的一花一草，一树一木，都充满了爱心。她对亲人、朋友、同学、师长，都怀揣着一颗善良、纯洁的心。尽管有时候因为这些和她那丰富的想象力使她闹出了一些天真的笑话，可她却一如既往。

安妮总爱遐想，当她想到，过去只想在一年内就取得教师证和第一名，现在听说学校设有爱普林奖学金，就又改变主意了。要是能争取到奖学金，她就可以继续到雷多蒙大学深造。她想象着自己仿佛已经取得了奖学金、成了雷多蒙大学的一员，正穿着学士袍、戴着学士帽在那儿就读呢。于是她心里暗暗下了决心：一定要认真学习，争取奖学金，到雷多蒙大学去继续读书。她对知识和学习都有一股狂热的劲头，那种积极向上、拼搏奋斗的精神令我非常感动。

　　读完这本书，我深深喜欢上了这个爱幻想的女孩。她整天沉浸在自己美丽的幻想中。在她的想象中，樱花是她的白雪皇后，苹果是她的红衣姑娘；顽皮的小溪在冰雪覆盖下欢笑；她还把自己的影子和回声想象成两个知心朋友，向她们诉说心事……以前我总是以为，脑子里奇怪的幻想是幼稚的表现，而安妮告诉了我什么才是真正的幻想。她教会了我如何面对生活中的困境，如何感受自然，热爱生活。安妮带领我又一次体会了人间的真、善、美。

（指导教师：任炜瑾）

第九部分　漫说方圆

假如我有一对翅膀

徐潇彤

假如我有一对翅膀，我要像小鸟尽情欢唱；假如我有一对翅膀，我要让世界变得更美好！

假如我有一对翅膀，我要展翅飞翔，飞到金黄色的沙漠，撒下一粒粒种子，在那里种下一棵棵树苗、一丛丛绿草、一朵朵鲜花、一个个希望，让人们在那里幸福地生活，处处有鸟语花香。

假如我有一对翅膀，我会唱着那婉转动人的歌儿，去大自然体会一番。我要飞向我想去的地方，去看看祖国各地的风景，感受一下大自然不同的气息，那是多么美好的一件事啊！我想去长城上看看，领略它雄伟的风姿；我想去桂林，看看那里的奇山异水；我还想去香港，吃遍世界各地的美食。我还将飞过那被废水污染的河流，撒下清洁剂，让小河不再受污染，变回原来清澈的样子；我将飞过那被废气污染的空气，喷出清新剂，让空气变得纯净而透明，沁人心脾。

假如我有一对翅膀，我要飞到战火纷飞的地方，把一张张贺卡画上笑脸和手拉手的图案，悄悄代替大炮；我会让一条条鱼儿带上欢乐，静静地与水雷交换；我会请一只只小鸟捎上一封封温暖的信，唱着和平之歌，欢乐地赶走并代替轰炸机！

啊，我的翅膀长出来了，长出来了！那就是爱，纯洁的爱！让我们一起带着这对翅膀去改善世界吧！

（指导教师：俞胜秋）

关爱他人，快乐自己

龚亦珏

　　有这样一个故事：一个小女孩经过一片草地时，看见一只蝴蝶被荆棘弄伤。小女孩小心翼翼地为它拔掉刺，让它飞向大自然。后来蝴蝶为了报恩化作一位仙女，对小女孩说："请你许个愿吧！我将让它实现。"小女孩想了想说："我希望快乐。"于是仙女弯下腰在她的耳边细语了一番就消失了。后来，这个小女孩果真快乐地度过了一生。

　　透过这个故事，我懂得了一个道理，那就是：关爱他人，才能快乐自己，并在关爱别人的过程中提升自己的生命价值。力所能及地帮助身边的每一个人，"送人玫瑰，手有余香"，只有你慷慨地付出，才会有惊喜的收获。有时，成功就是我们不经意付出的回报。

　　大家一定听说过"盲人提灯笼"吧？也许有人要取笑盲人："你走夜路总提着一个明亮的灯笼，真是多此一举！"可盲人却满心欢喜地说："这个道理很简单，我提灯笼并不是为自己照路，而是让别人容易看到我，不会误撞到我，这样我可以保护自己的安全，也等于帮助自己。"

　　是啊，我们生活在这个世界上，对他人的关爱就像抖动一个蜘蛛网，我影响着他人，他人又影响着更多的人，彼此相连，互相关爱。在这个大集体中，我们都喜欢关心别人的感觉，更喜欢被关心的感觉。同学身体不舒服，给他递杯热茶，关切地问候几声；同桌忘记带橡皮，悄悄地递上一块；同学学习有困难，主动给他分析、讲解……关心、帮助他人就是自己心中装着别人；关心、帮助他人就是在自己开心的同时也让别人开心；关心、帮助他人就是理解别人。当困境中的人、正伤心的人，得到了别人的帮助，就像心中只拥有一朵美丽的花儿，却感觉拥有了整个春天啊！

　　每个人都会有遇到困难而需要帮助的时候，所以，我们看到别人处于困境时，应该主动伸出援助的双手，give him your hand! 在帮助别人过后，看到别人开心，你也会从心里面感到快乐。我们生活在同一片蓝天下，就应该快乐在同一个地球上。

关心别人，快乐自己。关注多姿生活，关爱多彩生命。同学们，让我们行动起来，成为一个自己快乐，也能够给别人带来快乐的人吧！

（指导教师：宋春囡）

灾难·历史·大爱无疆

王浩然

人世间如果没有无私的爱，太阳也会死。

——雨果

爱，可以创造奇迹，被摧毁的爱，一旦重新修好，就比原来更宏伟，更顽强。

——莎士比亚

爱一个曾经如强盗般野蛮的国度，助一个曾经欺凌于我们的民族，灾难的无情，摧毁了一个国家的土地，灾难的出现，缝合了两个民族之间的些许对立。灾难无国界，大爱无国界！

一场突如其来的灾难，大地暴怒，山崩地裂，只留下一望无际的断垣残壁与哭喊的人群，哀嚎的伤者，僵硬的尸体。

东 京

菅直人首相的电话总是一刻不停地响着，但是一个来自中国的电话却引起了日本政府的注意，温总理代表全中国十几亿人民，向菅直人承诺："中国人民将是你们强大的后盾。"日本各界一片震动，两个旧有结怨的民族在灾难面前，将手团结地握在一起，一个搀扶着另一个缓缓走向前方，而此时，人们自然地联想到了一个世纪前的关山大地震。

那是一场同样惨象横生，凄凄凉凉的一幅长卷苦民图，数十万人无家可归，数万人陈尸瓦砾堆中，而那时的中国北洋政府，拨款二十万白银援助日

165

本，而日本却以暴乱为名，屠杀数百华工作为对援款的积极"响应"，而今天，当年的一幕始终令人们挥之不去，日本究竟为什么以怨报德，用滴血的刺刀，冷酷无情地指向伸出援手的中国人？

北 京

中国石化公司将一万吨原油无偿送给日本，价值几亿的原油驶往彼岸的日本列岛。中国红十字会向日本灾区无偿援助五百万元基金，凝聚着中国人民血汗的基金正在最大限度发挥它的作用。

卫生部表示愿意向日本提供最便利的卫生服务，派遣医疗护理小队远赴日本，实行人道主义援助，大量药品源源不断地向日本运输过去，国防部提出向日本提供必要的海军医院船，有关商业部门加快了对日本经济的有效援助。

举国上下，并没有因为日本的过去而无视它现在的困难。国际救援队已在日本展开一系列紧张有效的抢救工作，整个中国投入紧张的援助工作。

东 京

外相松本刚明在接受来自中国的救援物资后，深表敬意。中日两国外交曲曲折折，时而举步维艰，时而风和日丽，都是积怨已久的结果，今年中国政府和人民显现出的可贵的人道主义精神，着实令松本始料未及。

同日，中国第一批十八吨的救灾物资抵达东京机场，中国驻日总领事与日本官员完成对交。该官员在知道这是来自中国的物资时，他惊讶万分，因为他知道，日本欠中国的太多太多了。

北 京

温总理在人大常委会会后回答中外记者的提问时，对日本记者表达了他对日本的深切哀悼与同情，并请他们代为转达，这一点彰显了中国人的宽厚与大度。

历史，毕竟只是存于记忆的尘封的过去，灾难也只是短暂的带给人们的苦痛，但是惟有人间的无私大爱，胜过对历史的追究，弥合对灾难的阴影。在困难面前，所有历史都不应该被提及，惟一要做的，就是用人间的无私大爱，重新在废墟上建立起最真情的友谊。

（指导教师：耿艳丽）

母爱如水 源源不断

庞 博

成长的足迹中，我们会发现，每一步都有支持者、引导者使我们走向成功之道，而这股力量没有抱怨，也没有后悔，更不需回报。它正是柔情似水，坚毅如钢的中华儿女千古赞颂的——母爱！

无论是名震四方的风云人物，还是平平凡凡的扫路工人，无论是名门望族的富家子弟，还是一贫如洗的乡村农民，都感受过母爱那甜甜的滋味。母爱不是轰轰烈烈，而是点点滴滴、平平淡淡。

母爱无处不在。当母亲往你的盘子里夹了一些菜，你会马上想到：这不仅是菜，是母爱。当母亲为躺在病床上的你削了个苹果，你会马上想到：这不仅仅是苹果，是母爱。当你考了一个好成绩，母亲的脸上露出了欣慰的笑容，你会马上想到：这不仅是笑容，这是母爱。当……

也许大家听过一个故事，有一个男孩找了个女朋友，他想与女朋友结婚，但女朋友有一个要求：他想吃男孩母亲的心。男孩立即去跟母亲说，母亲答应了。男孩捧着母亲的心急忙跑去，一不小心被一块石头绊倒了，母亲的心滚落到地上，慢慢地说："孩子摔疼了吗？"可怜天下父母心啊！母亲对我们的奉献还少吗？

我们要知恩图报，要感谢母亲，长大有能力还要报答母亲。虽然我们现在还小，但可以做一些力所能及的家务活来减轻母亲的负担。这里还有一个感恩的例子。

乌鸦是家喻户晓的"噪音王"，它也是生活方式与众不同的一种鸟。乌鸦妈妈把小乌鸦养大，等乌鸦妈妈卧床不起的时候，小乌鸦就会照顾母亲。这个例子让我感动。动物和人一样也有感情。乌鸦的叫声难听，但我认为，它唱的是生命的赞歌，是母亲的赞歌，是母爱的赞歌！

同学们，俗话说得好，没妈的孩子像根草，的确如此，有妈妈，我们的童年会更加幸福快乐。我们的生活离不开母亲，我们的成长离不开母亲，我们的人生更离不开母亲。无论何时何地，母爱都像清泉一样，细水长流，源源不断。

（指导教师：耿艳丽）

桃李芬芳

刘宇坤

在这个世界上，始终有着这样的一群人。他们就如同亲人一样对你关爱有加，像亲密的朋友一样与你无话不谈。当你遇到挫折与失败时，他们给予你帮助，给予你鼓励，让你重新找回失去的信心，勇敢地面对一切；在你感到迷茫与困惑时，他们帮你在前方的道路上点燃一盏明灯，为你指明前进的方向；在你出现问题和错误时，他们为你找出原因，帮助你改正，让你不会再一次在同样的地方跌倒；在你的内心变得急躁与不平静时，他们会安慰你浮躁的心灵，帮助你理清混乱的思路，做到心如止水。俗话说得好："一日为师，终生为父。"他们陪伴着你度过了无数个日日夜夜，在花开花落的几度轮回之中见证你前进道路上的一点一滴。你的每一点进步，他们都看在眼里，喜在心头；你曾留下的每一个脚印，都被他们当做珍贵的宝物永久珍藏。他们在这充满墨香的天地间播种，在堂堂的三尺讲台上耕耘，最后，在桃李盛开的日子里，收获了一个又一个不朽的传奇！

师爱是伟大的，伟大得令人惊叹，伟大得令人瞠目结舌。它可以输送源源不断的力量，让人突破身体的极限去完成常人不可能完成的任务。很难想象一个年过半百的乡村教师，竟然能背着几十斤重的石块往返六十多里的山路，而且一天走三趟。

刘恩和，男，五十四岁，贵州沿河土家族自治县后坪乡茨坝小学校长。他被人们尊称为"山乡教育愚公"和"木匠教师"。他视教书如命，爱生如子；他不图名利，不计得失，甚至不惜牺牲亲情。有人对他的行为不理解，可他自己很清楚。他为了让学生有更好的学习环境，拿出了自己毕生的积蓄为同学们修筑学校。但还是有许多困难摆在他面前：茨坝不通公路，钢材、水泥等全靠人翻山越岭从八公里外的镇上背进山里，背一趟活儿来回要花两个半小时。刘恩和此后每天鸡叫头遍就上路背回一趟才上课；放学后，再背一趟才归家；星期天，居然一天背三趟！就这样，四个月他走烂了五双解放鞋，建校用的六十吨水泥、六吨钢材、十二吨石灰，他一人就背了二十多吨，跋涉了两千多公里的山路。传说中愚公的精神感动了上苍，而刘恩和的精神感动了全校师生和父老乡亲，全村两百多人参加了义务劳动。六十多岁的老汉田维清说："校长累成这样不歇脚是为了啥？为给子孙造福！"1997年8月底，四百四十二平方米、拥有八个教室的两层教学楼屹立在茨坝村齐家山脚下，孩子们坐进了崭新的教室。

老师不只教会了我们知识，也让我们明白了道理。他不只是让我们学会能够换取一个糊口的面包的本领，而是让我们在接受文化的财富之后，可以感到自己是一个真正的人，使我们体验到一个聪明的天才的劳动主宰者的尊严。

（指导教师：耿艳丽）

171

第九部分 漫说方圆

"蚂蚁过火"与"团队精神"

谢文静

　　"加油，加油！"拔河比赛在三（5）班和三（6）班之间激烈地进行。"老师，俞叠哭了！""老师，三（6）班很多人哭了！""老师……"回头一看，只见一个个同学正痛哭流泪。原来他们还在为刚才输给三（5）班而伤心。

　　望着这一幕，不禁使我想起"蚂蚁过火"的故事。一位老农上山开荒，山上长满了茂密的杂草和荆棘。看到一丛荆棘时，老农发现荆条上有一个箩筐大的蚂蚁窝。荆条倒，蚁窝破，无数蚂蚁蜂拥窜出。老农立刻将砍下的杂草和荆棘围成一圈，点燃了火。风吹火旺，蚂蚁四散逃命，但无论逃往哪个方向，都被火墙挡住。蚂蚁占据的空间在火焰的吞噬下越缩越小，灭顶之灾即将到来。可是，奇迹发生了。火墙中突然冒出一个黑球，先是拳头大，不断有蚂蚁粘上去，渐渐地变得篮球般大，地上的蚂蚁已全部包成一团，向烈火滚去。外层的蚂蚁被烧得噼里啪啦，烧焦烧爆，但缩小后的蚁球毕竟越过火墙滚下山去，躲过了全体灰飞烟灭的灾难。老农捧起蚂蚁焦黑的尸体，久久不愿放下，他被深深地感动了。

　　蚂蚁的团队精神也许是天生的本能，但人的团队精神却是可以培养的。"团结就是力量"这首激动人心的歌唱了几十年，就是要唤起人们的团队精神。

　　这次拔河比赛考验了各班同学团结的程度，比赛不应该换来眼泪，应该带来思考。也许，在那些团结的小蚂蚁身上，有我们可以学到的许多品质。

（指导教师：郭君霞）

成　绩

白文建

　　好成绩也许意味着更多的零花钱，一顿美味的"德克士"或一个想要的玩具；而坏成绩换来的则是一顿打骂，一大堆写也写不完的作业，一个学习差的头衔……成绩到底意味着什么呢？

　　成绩像一张护身符，维护着你的名声。在任何地点、任何场合，好成绩可以让你成为一个好学生，大人会对你赞不绝口。当别人问你考试成绩时，你再也不会胆怯地说不好，而是大方坦白地说不错。历代求学也都是以成绩论英雄。成绩好，同学们会对你投来羡慕的目光，人缘也会越来越好。拿着满分的考试卷回家也不会心惊胆战，而是兴高采烈地找爸爸妈妈签字，你提的要求他们也会爽快地答应。家长会上，爸妈的脸上也总会带着甜美的微笑，随后回到家骄傲地把你称赞一番。这些都是因为有了好的成绩。成绩，你真好！

　　成绩却总像你的过去，它说明不了你的未来。不管成绩好与坏，分数高与低，我们都应该把它转化成一种动力，一种奋进的精神。成绩是新的起跑点，输要输在过去，赢却要赢在新的开始。其实，成绩并没有那么重要，你的聪明才智是不会由它决定的。华罗庚年幼时数学成绩总是不及格，可是后来经过努力，他照样以出色的成绩报效祖国。牛顿小时候也是公认的差学生，最后被学校开除，但是牛顿还是以自己的能力走向辉煌。这样的例子比比皆是。我们只有放下成绩这个包袱，才能更好地学习，学起来也会轻松自如。总之，成绩是历史的里程碑，是学习新知识的起跑点。

　　对成绩，我么不能过分地依赖，它只是一种鼓舞，一种激励。让我们踩着过去的成绩，为着下一个更好的成绩努力吧！

（指导教师：邓小玲）

读《爱的教育》有感

欧阳钤

在这个世界上，爱究竟是什么？带着这个问题，我与一个意大利小学生一起跋涉，去探寻这个未知的答案。

《爱的教育》是日记体儿童小说，原名《心》，讲述了一个叫安利柯的小男孩成长的故事，记录了他一年之内在学校、家庭、社会的所见所闻，字里行间洋溢着对祖国、父母、师长、朋友的真挚的爱，有着感人肺腑的力量。文章中孩子们所表现的更多的是闪光的美德，这正是小说极力颂扬的地方。小说记录了长辈们对孩子的教育和启示，附在日记后面还以第二人称写了他们呕心沥血的教子篇。这本小说在漫长的岁月里，它陪伴一代又一代的孩子成长。可以说，这是一本永远不会过时的书。它用爱塑造人，引导我们永远保持一颗勇于进取而善良真诚的心，爱祖国，爱人民，同情人民的一切不幸与苦难。

爱，像空气，每天在我们身边，因其无影无形就总被我们忽略。其实它的意义已经融入生命，就如父母的爱，不说操劳奔波，单是往书架上新置一本孩子爱看的书，一咳嗽，药片就摆放在眼前，临睡前不忘再看一眼孩子，就是我们需要张开双臂才能拥抱的深深的爱。当我们陷入困境时，是父母依然陪在身边。读了安利柯的故事，我认识到天下父母都有一颗深爱子女的心。安利柯有本与父母共同读写的日记，而现在很多学生的日记本上还挂着一把小锁。最简单的东西却最容易忽略，正如这博大的爱中深沉的亲子之爱，很多人都无法感受到。

如果把生活看成一次服刑，人们为了某一天刑满释放得到超脱而干沉重的活儿，那么，这样的生活必将使人痛苦厌倦。反之，如果把生活看成一次旅游，一路上边走边看，就会很轻松，每天都会有对新东西的感悟而充实起来。

读《爱的教育》，我走入安利柯的生活，目睹了他怎样学习、生活，怎样去爱。在感动中，我发现爱中包含着对于生活的追求。

如果爱是奔腾的热血，是跳跃的心灵，那么，我认为这就是对于国家的崇高的爱。也许它听起来很"口号"，但作为一个有良知的人，这种爱应牢牢植入我们的心田。当读到安利柯描绘的一幅幅意大利人民为国炸断了双腿，淋弹死守家园的动人场面时，我不禁想到我们中华大地上也曾涌现过许多热血儿女。我不需为祖国抛头颅了，但祖国需要我们的还有很多。爱之所以伟大，是因为它不仅仅对个人而言，更是以整个民族为荣的尊严与情绪。

《爱的教育》中，把爱比成很多东西，确是这样，又不仅仅是这些。我想，"爱是什么"不会有明确的答案，但我已经完成了对于爱的思考——爱是博大的、无穷的、伟大的力量，是成长中所不能缺少的。

（指导教师：阮晓彬）

175

第九部分 漫说方圆

宽容的力量

李露露

宽容是一种无声的教育。惟有宽容的人，其信仰才更真实。最难得的是那种不求回报的给予，因为它以爱和宽容为基础：要取得别人的宽恕，你首先要宽恕别人。尽管我们不求回报，但是美好的品质总会在最后显露它的价值，更让人感动。

从前，有一个脾气很坏的男孩，他的爸爸给了他一袋钉子，告诉他每次发脾气或者跟人吵架的时候就在院子的篱笆上钉一根。第一天，男孩钉了三十七根钉子。以后的几天他学会了控制自己的脾气，每天钉的钉子也逐渐减少了。他发现，控制自己的脾气，实际上比钉钉子要容易得多。终于有一天，他一根钉子都没有钉，他高兴地把这件事告诉了爸爸。爸爸说："从今以后，如果你一天都没有发脾气，就可以在这天拔掉一根钉子。"日子一天一天过去，最后，钉子全被拔光了。爸爸带他来到篱笆边上，对他说："儿子，你做得很好，可是看看篱笆上的钉子洞，这些洞永远也不可能恢复了。就像你和一个人吵架，说了些难听的话，你就在他心里留下了一个伤口，像这个钉子洞一样。插一把刀子在一个人的身体里，再拔出来，伤口就难以愈合了。无论你怎么道歉，伤口总是在那儿。要知道，身体上的伤口和心灵上的伤口一样都难以恢复。"

宽容，是一束照射在冬日里的阳光，使误解这座冰雕融化；宽容，是一座亮在黑夜中的灯塔，使迷途者找到航行的港湾。

在生活中每个人都会有不如意，每个人都会有失败，当你的面前遇到了竭尽全力仍难以逾越的屏障时，请别忘了：宽容是一片宽广而浩瀚的海，包容了一切，也能化解一切。

（指导教师：邵雪峰）

感受宽容

孙卓娅

在宽容厚重的外衣下，是许多人都看不到的遗世光华。

——题记

曾经很疑惑，为什么有些人得到了别人奋斗几辈子都得不到的东西，却仍然愁眉紧锁，终日笑颜不展，而有些人只拥有别人的万分之一，少得可怜，却永远保持一颗童心？后来渐渐明白，是欲望的不同，造就了两种如此不同的人。

那些贪心不足的人，直至辞世，也不会拥有满足的笑颜；那些宽容知足的人，纵使人生多么坎坷，也一笑而过。

小时候，我也曾经像那些贪心不足的人一样，以为自己就是世界的重心，翻手为云，覆手为雨。为了要自己想得到的东西而哭闹，为了自己的得失而斤斤计较。现在想起来，又何必呢？

人间不如意之事十之八九，又何必去为那八九分不如意而自寻烦恼呢？何况，斤斤计较的结果只能是徒耗精力，浪费时间。命运如此，何不就此接受，用宽容抚慰伤口，去积累将来的成功呢？于是，我不再失败后痛哭流涕，不再夜阑人静时独自悲伤，我用宽容的心境去化解激愤的眼泪。过去失败的经验，都成了堆砌成功大厦的片砖片瓦。我想，我终究会用这些砖瓦垒成一幢成功的大厦。

宽容的心境不是在失败之前就放弃努力，也不是在失败之后不留痕迹地忘却。我们要学会在失败前奋斗，也须学会在失败后镇静。成大业的人往往不是取得成功便沾沾自喜、止步不前的人，也不是那些遭受失败便意气用事、酿下大祸的人。相反，不论成功还是失败，他们往往都能比别人更快地恢复到正常的状态，努力去争取下一次的成功。

177

第九部分·漫说方圆

多了一分宽容，也就多了一分处事不惊。

拥有宽容，也许能更早地看开尘世纷乱，寻得自己的一份宁静，用宽容的光华，化开郁结的心结，坦荡荡地迈上人生之路。

拥有宽容，生活更加精彩！

（指导教师：邓昌义）

起 飞 前

李胜强

蔚蓝的天空。一只飞翔的小鸟。

那振翅向高空冲去的生命，显得那样执着、顽强。

小鸟的飞翔要经过历练。在幼年时期，它们就要一次次忘却死亡的恐惧，从高处向下滑翔。那种凌空而下却不知如何面对的情形，足以慑住每一个从未尝试过飞翔的生命。可是，这微小的生命却是那样坦然地面对挑战，纵身跃出温暖安适的巢，在生与死之间游走。就在小鸟跃出巢穴的那一刻，它成熟了。

其实，在这大千世界中，小鸟飞翔的起步是最平凡的。在西伯利亚那高而陡的悬崖边，生活着血腥残酷的飞行之王——雕鹰。

雕鹰的骄傲是拥有一对近两米长的伟翼，所有人都为它征服蓝天的高度而喝彩，为它在空中展示的王者之风而叹服。

可是，有多少人曾目睹过雕鹰飞翔的第一步呢？

雕鹰的幼年时期充满了血腥。雏鹰羽毛渐丰的时候，成年的雕鹰便用力摇晃巢穴，巢穴内那层柔和的羽毛和枯草被摇掉，露出尖锐的石子和荆棘。雏鹰被扎得鲜血淋漓，连声哀唤。可成年雕鹰却视而不见，因为它知道：如果现在养尊处优，将来就无法面对恶劣的自然环境。

当雏鹰长到一定程度时，成年雕鹰就用力击打它的两翼，使其骨骼断裂。然后将它们带到高高的悬崖边上，往下面推。如果雏鹰想活下来，那就只能有一个念头：飞！那断翼必须做一个动作：振翅！只有忍着剧痛飞翔，才能摆脱死亡的威胁。如果雏鹰惧怕疼痛，不愿经历这个过程，那它的一对翅膀就是它的累赘，它这一生就注定与蓝天无缘。

要想飞得高，就必须克服疼痛。这是雕鹰的真理。

在我们的生活中，我们无时无刻不在面临挑战。有勇气面对的，是勇者；在失败面前低头的，是懦夫！因为在这个竞争的社会中，没有人不摔跤就学会了走路；没有人不呛水就学会了游泳；没有人能随随便便成功……

窗外，一只小鸟，正在努力征服那无边的蔚蓝！

（指导教师：令狐健）

为思想打个补丁

舒芝璇

> 灵光是风里的一些棉絮，飘了，皱了
> 总想把思想折叠好，染上一成不变的颜色，熨平
> 走在路上，暖暖的，浅浅的
> 棉絮没有归宿，聆听轻舞飞扬
> 谁的思想打了补丁，藏好那些灵光

我们都有一件思想的衣裳，里面的棉絮闪着纯洁的光芒。但是你是否注意到，你思想的火花已在不经意间随风飘逝，当你一日想要找寻它，它却不知去向——

上小学前，你的思想充满了阳光，暖暖的。你的微笑，你的言语，无不闪烁着童真的光芒。你为宠物鱼的死亡而失声哭泣，又为门口的桃树结了果实而咧嘴微笑。大人总说，"这孩子，多可爱"。事实上，你也没有意识到——你思想的衣裳多么美丽，里面的棉絮是多么柔和。

你上小学了，开始爱上玩"华山论剑"，与一群同龄人嘻嘻哈哈。谁来扮演郭靖，谁来打败他，剧情由你来设计。你思想的衣裳美丽依旧，不同的是，那上面画上了属于你自己的独特纹理。

你上了高年级。"华山论剑"的游戏早已成为一段回忆，它因你被老师骂"疯疯癫癫"而告终。你学会了被表扬时不动声色，被批评时表情凝重。你的生活好似被上了发条，在家、学校、操场上不停地来来去去，三点一线。你的生活依旧充实，但你总觉得少了些什么。

你通过一年的拼命，终于考上了一所重点初中。你的思想，你的灵光，又有了释放的空间。你与你的新朋友谈天说地，还不时围绕一个话题展开辩论。很快，你成为同学们之中的"博士"。但老师并不看好你，原因是你常

常提出与老师所讲内容相反的假设，并有一次指出老师的错误。为了不再这样，你试图改变。当你茫然地效仿其他同学时，你思想的衣裳上被溅上了一个污点，只是那污点小得无人能够看到……

你上了高中。你的脑子中每天只是"之乎者也"以及复杂的函数。你已经无暇去思考一切与学习无关的东西，你觉得时间在生锈，但是你无力去抵抗。你的成绩一次次上升却又一次次下滑，然而你已麻木。你的思想全都投入到一道道习题之中，你丝毫没有察觉到，你的思想早已经失去了以往的光彩。

你竭尽全力，上了大学。大学的管理十分宽松，你也打算展示自己的风采。但你无奈地发现，你思想中的闪光点竟在不经意间悄悄飞走了。你落寞，你想要追寻，但是你发现一切都回不来了。你还想要散发那耀眼的光芒，但是……你后悔，没有将生活中那一点一滴的灵感记录下来，没有及时为思想打上补丁，但是一切都是空悲切了……

思想被洗了，晒了
赤裸的棉絮是否还在路上
当一切，都已经定格
你准备好的补丁
是否，已经补不起逃走的灵感，逃走的回忆
你的纯真，美好
是否，还如你的当初
被太阳照耀

（指导教师：韩淑华）

种子的启示

白力盛

一粒花的种子脱离了自己的母体，乘着风的翅膀，来到了一个新的环境——郊外那块贫瘠的土地上。从此，它便在这里开始接受生活的洗礼。

种子在这里的生活并不那么顺利，周围的各种杂草都嘲笑它，排挤它，认为它只是一粒平凡的种子。从此，它变得沉默，但只有它知道，它在努力，它在默默地汲取土壤中的养料。它经受着寒风的抽打、暴雨的侵袭，但是，它依然努力地生长着。不久，它从泥土里探出了小脑袋，渐渐地，种子变成了嫩芽。它的心中有一个坚定的信念——要开出一朵鲜艳的花。这个信念鼓励着它勇敢地走下去。

雨后，暖和的阳光又照在了嫩芽的身上，它看到一辆装满了鲜花的车。

"噢，要是这辆车能把我带进城里，该有多好啊！"嫩芽对自己说，可是，它又自卑了，"我不可能比城里的花更美丽，因为我得不到人们的精心照料。"

嫩芽在与风雨的搏击中，长得枝繁叶茂了。

"啊！那是一棵广玉兰花树呢！"一个路过的姑娘说，"等它长大后，它一定会开出这里最漂亮的花儿来。"

"我是广玉兰花树吗？我会开出最漂亮的花儿来吗？"广玉兰花树对自己说，"我能去看那美丽的城市吗？"

初夏的风，轻轻地拂过广玉兰花树，在鸟儿欢快的鸣叫声中，广玉兰花树开花了。洁白的花瓣，托着金黄色的花蕊，是那样的美丽。

"它的美，是无与伦比的。"广玉兰花树下一株小草说，"它的每一张叶子、每一片花瓣，都是它奋斗的结晶呀！"

"多么美丽的广玉兰呀！把它带进城里的花卉市场，一定能吸引人们的眼球。"那个开着花车的小伙子说。

广玉兰花树被带到了城里，在众人的赞美声中，有位老人花高价买下了它。广玉兰花树太意外了，它问老人："我是一株野花呀，你为什么要买下我呢？"

老人微笑着对广玉兰花树说："正因为你的生命比别的花树的生命更有意义，我才选择了你。"

广玉兰花树向老人讲起了自己的故事，老人说："你为什么变得这样美丽？因为你的心中有一面鲜红的旗帜，永远激励着你，指引你勇敢地与风雨搏击。"

夜晚，在昏黄的灯光下，老人打开日记本，写下了这样一句话："每一个人都是一粒种子，只要我们永远向着自己的理想奋进，就是再平凡的种子，也会开出绚丽的花来。"

（指导教师：苏佳伟）

184